Kriminaloberkommissar Kasimir
Ein brillanter Geist in der unwürdigen Hülle
eines Nagetiers

Brigitte Endres

KRIMINALOBERKOMMISSAR KASIMIR

Ein brillanter Geist in der unwürdigen Hülle eines Nagetiers!

THIENEMANN

Brigitte Endres, in Würzburg geboren, studierte Geschichte und Germanistik. Ihr Talent zum Fabulieren entdeckte die ausgebildete Lehrerin, als sie begann, für ihre Schüler zu schreiben. Bald darauf wurde ihr erstes Kinderbuch publiziert. Es folgten zahlreiche Veröffentlichungen bei verschiedenen Verlagen sowie im Bayerischen Rundfunk. Heute ist Brigitte Endres hauptberuflich als Autorin tätig.

Weitere Titel von Brigitte Endres:
Der Tag, an dem mein Meerschweinchen Kriminaloberkommissar wurde
Hallo, ich bin auch noch da!

Mehr über unsere Bücher, Autoren und Illustratoren auf:
www.thienemann.de

Endres, Brigitte:
Kriminaloberkommissar Kasimir – Ein brillanter Geist in der unwürdigen Hülle eines Nagetiers
ISBN 978 3 522 18421 2

Einbandgestaltung: Vera Schmidt
Innentypografie: Kadja Gericke
Reproduktion: Medienfabrik GmbH, Stuttgart
Druck und Bindung: GGP Media GmbH, Pößneck

MIX
Papier aus verantwortungsvollen Quellen
FSC® C014496
FSC
www.fsc.org

1. KAPITEL

Seit dem Tag, an dem Kriminaloberkommissar Kilian Kasimir in mein Leben getreten ist, frage ich mich bei jedem Toten, der in unserem Keller liegt, ob er auf natürliche Weise gestorben ist.

Ich muss vorausschicken, dass Herr Kasimir ermordet worden ist. Allerdings überlebte er den Mordanschlag auf wirklich absurde Weise. Sein Geist wurde nämlich durch einen Stromschlag in den Körper meines Meerschweinchens Bully gebeamt. Das heißt, hier neben mir sitzt ein Kriminaloberkommissar in einem Meeri-Body. Total abgefahren! Deshalb erzähle ich das auch nicht überall rum, zumal Herr Kasimir zwar hervorragend mit *mir* kommuniziert – aber leider halt auch ausschließlich mit mir. Nicht mal meine Eltern wissen davon. Das Meerschweinchen, das ich überall mit mir herumschleppe, ist für sie nach wie vor mein kleiner Bully. Ich hab einmal versucht, die Sache meinem eigentlich cleveren Bruder zu verklickern. Seither hält mich Felix wahrscheinlich für völlig durchgeknallt.

Meine Zweifel an den Todesumständen unserer Kundschaft haben sich leider erschreckend schnell bestätigt. Die Ereignisse der letzten zwei Wochen waren so haarsträubend, dass ich sie gleich wieder mit meinem Smartphone aufzeichne, ehe ich die unheilvollen Einzelheiten vergesse.

Da es schon den ganzen Tag in Strömen regnet, sitze ich diesmal nicht auf Herrn Kasimirs schwarzer Grabplatte. Heute hab ich mich ins Sarglager verzogen. Ich hab definitiv keine Lust, Mum zu erklären, warum ich stundenlang Selbstgespräche führe.

Als Tochter eines Bestatters fand ich nie was Besonderes daran, unter einem Dach mit Verstorbenen zu leben. *Leichen* sag ich nicht gern, das hört sich irgendwie abwertend an, find ich. Aber seit das mit Herrn Kasimir passiert ist, weiß ich, dass Jahr für Jahr unzählige Leute begraben werden, die umgebracht worden sind. Leute, bei denen ein dussliger, schlampiger oder gestresster Arzt einfach auf dem Todesschein *Natürlicher Tod* angekreuzt hat. Es ist kein gutes Gefühl, ein Mordopfer unter die Erde zu bringen, dem niemals Gerechtigkeit widerfährt, weil es nicht mehr reden kann. Ich hab Dad mal gefragt, ob er jemals wissentlich einen

Ermordeten beerdigt hat. Angeblich ist das in all den Jahrzehnten nicht ein einziges Mal vorgekommen. Dad meinte, das liege vor allem daran, dass wir in unserer Kleinstadt kein rechtsmedizinisches Institut hätten. Das ist nämlich so: Bei Mordverdacht wird immer obduziert. Der Tote wird also weggebracht und später von einer Firma bestattet, die das Institut beauftragt. – Obwohl Dad sich da sicher ist, sprechen die Zahlen dafür, dass es hundertpro irgendwann auch bei uns passiert sein muss.

Da mein Bruder *Engel und Sohn* ohnehin nicht übernehmen will, steht inzwischen mein Entschluss fest, das Geschäft später selbst weiterzuführen. *Engel* ist unser Nachname. – Felix studiert übrigens Medizin. Er will seinen Facharzt ausgerechnet in Pathologie und Rechtsmedizin machen. Das Gewerbe seiner Eltern hat ihn offenbar doch mehr geprägt, als er zugeben will. – Ich hab es mir jedenfalls zum Ziel gesetzt, später ein Bestattungsinstitut zu führen, in dem jedem unklaren Todesfall nachgegangen wird. – Der *Sohn* im Namen muss dann natürlich gestrichen werden.

Ich hoffe, bis dahin noch viel von Kriminaloberkommissar Kasimir zu lernen. Er hat bis zu seiner Pensionierung vom Polizeidienst immerhin fünfundneunzig Mordfälle aufgeklärt, logisch, dass er unheimlich viel kriminalistische Erfahrung hat. Nach den letzten Geschehnissen hab ich das ungute Gefühl, dass wir gemeinsam noch die Hundert vollmachen werden.

»Was sagen Sie, Herr Kasimir?«

…

»Okay, ich will's versuchen!«

Herr Kasimir sagte eben, ich soll endlich zur Sache kommen, weil wir sonst morgen noch hier sitzen.

Also, es war Freitagabend. Herr Kasimir und ich saßen auf meinem Bett, aßen Nüsschen und guckten fern. Marlowe lag auf dem Bettvorleger und schnarchte leise. – Marlowe ist eigentlich Herrn Kasimirs Hund, ein ehemaliger Polizeihund. Er ist zwar nicht schön – Bluthunde sind nun mal nicht schön. Aber er ist treu, gut erzogen und er hat eine untrügliche Nase. Nach vielem Hin und Her konnte ich meine Eltern zum Glück doch noch überreden, den verwaisten Hund zu adoptieren.

Freitag ist unser Krimi-Abend, auf den ist Herr Kasimir immer ganz scharf. Er nörgelt zwar die ganze Zeit rum, dass die Filmleute keine Ahnung von echter Polizeiarbeit hätten, und dass der Kommissar genauso ein Stümper sei wie Flatter.

Hauptkommissar Siegmund Flatter, muss man dazu wissen, war zuletzt Herrn Kasimirs Chef, und er ist tatsächlich ein ziemlicher Idiot, ich hab ihn kennengelernt.

Jedenfalls hatten sie den Toten im Film gerade aus dem Fluss gefischt, als Dad an meine Tür klopfte und auch schon im Zimmer stand. »Oh, du schaust fern!«

Ich drehte den Ton leiser.

Dad hüstelte. »Äh, ich wollte fragen, ob du heute mal mitkommen willst. Wir haben einen späten Kunden, und Olaf und Herr Hahn sind schon im Wochenende. Felix hab ich angerufen, er springt ein. Das ist eine gute Gelegenheit für dich, mal bei einer Hausabholung dabei zu sein. Du zeigst ja in letzter Zeit immer mehr Interesse fürs Geschäft. – Oder?« Er lächelte unsicher. Ich weiß, es freut ihn riesig, dass ich den Laden später übernehmen will. Andererseits will er mich auch zu nichts drängen, darum schob er auch gleich nach: »Aber wenn du lieber den Krimi guckst …«

Ich überlegte kurz. Mit ›guter Gelegenheit‹ meinte Dad, dass wir unter uns waren, also Familie. Dad holt selten Kundschaft ab, das machen meistens unsere beiden Angestellten, Olaf und Herr Hahn. Deshalb nickte ich. »In fünf Minuten bin ich unten.«

»Zieh den Schwarzen an«, sagte Dad. »Du weißt ja …«

Ich nickte und sprang aus dem Bett.

Herr Kasimir sah mir unwillig zu, als ich den schwarzen Hosenanzug aus dem Schrank holte. »Ausgerechnet an unserem Krimi-Abend«, hörte ich ihn vor sich hin brummen.

»Sie bleiben sowieso hier«, sagte ich. »Ich lass den Fernseher laufen, dann können Sie sich den Film zu Ende ansehen. – Und jetzt drehen Sie sich gefälligst um!«

Herrn Kasimirs Meeri-Schnauze wandte sich mit einem beleidigten Schnauben Richtung Fernseher. Ein Gentleman ist er, das muss man ihm lassen. Ich zwängte mich also in die Pietätsklamotten und steckte mit einer Klammer meine Putzwolle-Haare hoch. In unserer Branche gibt es einen strengen Dresscode. Bei einem Trauerfall kann man definitiv nicht im Girlie-Outfit oder Freizeitdress aufkreuzen. Ich warf einen letzten Blick in den Spiegel und ging zur Tür.

Marlowe hob den schweren Kopf und sah mich erwartungsvoll an. »Ne, Marlowe. Du bleibst auch hier.«

Schon auf der Treppe verfluchte ich den Hosenanzug. Das Ding klemmte wirklich überall. Verdammt, Mama hatte recht, ich hatte zugelegt.

Dad wartete schon auf mich. Er sah mich überrascht an.

Ich bannte eine trotzige Locke nach hinten. »Stimmt was nicht?«

»Ganz im Gegenteil, mein Schatz«, sagte er. »Du

siehst nur so erwachsen aus. Dass du gerade vierzehn geworden bist, glaubt man fast nicht.«

Ehrlich, sein Lob machte mich richtig stolz. Ich ließ mich in den breiten Beifahrersitz fallen. »Wen holen wir eigentlich ab?«

»Einen Herrn Knappmann, muss ein überraschender Tod gewesen sein«, sagte Dad. »Die Witwe hat ihn tot auf dem Sofa gefunden.«

»Schrecklich«, sagte ich.

Dad ließ den Wagen an. »Solche Todesfälle sind immer ein Schock für die Familie. Wenn einer lange krank ist, kann man sich wenigstens auf den Abschied einstellen, aber so was ...«

Ich nickte. »Was macht man eigentlich, wenn ein Angehöriger total verzweifelt ist?«

Dad zuckte mit den Schultern. »Da gibt es kein Rezept. Man muss erspüren, ob Trost erwünscht ist. Ein guter Bestatter sollte auch ein guter Psychologe sein.«

Unvermittelt brach ein Platzregen los, die Scheibenwischer flogen fast weg. Seit Tagen hatten wir typisches Aprilwetter. Wasserfluten rauschten über den Asphalt. Ich starrte aus dem Fenster. Mir war plötzlich unbehaglich. Erwartete mich jetzt gleich ein Platzregen von Tränen? Mit Trauer und Verzweiflung hatte ich bisher nicht viel zu tun gehabt. Wenn die Leute zu uns ins Geschäft kommen, sind sie meistens schon sehr gefasst.

Aber ich hatte nicht viel Zeit, darüber nachzugrübeln, denn da hielt Dad an, und Felix rannte, die Jacke über den Kopf gezogen, auf den Wagen zu. Er riss die Tür auf und quetschte sich hastig neben mich – eigentlich saß er fast auf mir. Leider ist der Firmenwagen ein Zweisitzer, früher hatten wir mal einen mit durchgehender Bank, aber so was gibt es heute nicht mehr. Okay, es ist nicht ganz nach Vorschrift, aber zur Not passt man auch mal zu zweit auf einen Sitz.

»Autsch!« Mit einem vorwurfsvollen Blick machte ich mich so schmal ich konnte.

Felix streifte sich die Nässe von den Ärmeln und grinste unverschämt. »Sorry, Schwesterchen, aber du hast ja genug Knautschzone.«

»Idiot!«, zischte ich.

Ich weiß selbst, dass ich ein bisschen zu viel auf den Rippen hab. Aber irgendwie ist es mir auch wieder egal. Nur mag ich es nicht, wenn andere darauf herumhacken.

Dad warf uns einen Blick zu, der das Geplänkel unterbrach.

Zum Glück hörte der Regen ebenso plötzlich auf, wie er begonnen hatte. Als wir vor einem Mehrfamilienhaus aus dem Wagen stiegen, tröpfelte es nur noch.

Dad klingelte. »Dritter Stock. Hoffentlich ist das Treppenhaus nicht so eng.«

Während ich Dad und Felix beklommen nach oben folgte, verspürte ich ein dringendes Bedürfnis. Wahrscheinlich Nervosität. Mist! Warum war ich auch daheim nicht noch mal aufs Klo gegangen?

Obwohl die Wohnungstür offen stand, klopften wir. Ein junger Mann, älter als ich, aber jünger als Felix, erschien im Flur. »Kommen Sie, meine Mutter ist in der Küche!«

Eine abgearbeitete Frau mit ungepflegten grauen Haaren, so um die fünfzig, saß am Tisch. Sie begrüßte uns mit versteinerter Miene. »Er liegt im Wohnzimmer«, sagte sie tonlos.

»War der Arzt schon da?«, erkundigte sich Dad.

Sie nickte und schob Dad den Totenschein hin.

Dad sah ihn durch und steckte ihn ein. »Gut«, sagte er dann, »kann ich ihn sehen?«

»Patrick …« Auf die Aufforderung seiner Mutter hin setzte sich der junge Mann wortlos in Bewegung.

Ich war heilfroh, dass mir Gefühlsausbrüche offenbar erspart blieben.

Unter einer Wolldecke lag ein lebloser Körper auf dem Sofa. Ein Kissen war zu Boden gefallen. Auf dem Couchtisch standen eine Wodkaflasche, ein Glas, ein Päckchen Tabak und ein übervoller Aschenbecher mit den winzigen Stummeln selbst gedrehter Zigaretten. Der widerliche Geruch von Alkohol und Tabakrauch hing schwer im Raum.

Patrick, der meinem Blick auf die Flasche gefolgt war, verzog den Mund. »Er hat wie ein Loch gesoffen, und geraucht hat er wie ein Schlot. Es musste irgendwann so kommen!«

Ich hob die Augenbrauen. Was war das denn für einer? Ich meine, sein Vater lag tot auf dem Sofa! Da erwartet man zumindest nicht so was! Ich glaubte, aus seiner Stimme fast etwas wie Erleichterung, wenn nicht sogar Hohn zu hören, keinesfalls aber Trauer.

Dad hob die Decke an, um sich einen Eindruck von der Größe des Mannes zu machen. Dann nickte er Felix zu. »Das sollte kein Problem geben. Komm, holen wir die Trage!«

Patrick ging zurück in die Küche, um sich um seine Mutter zu kümmern. Ich blieb etwas ratlos mit dem Toten zurück. Seine Augen waren geschlossen, sein Gesicht rot. Wenn sie ihn aufbahren wollten, würde Olaf einen Haufen Arbeit mit ihm haben. Eine innere Stimme – Herr Kasimir würde es vermutlich Instinkt nennen – brachte mich plötzlich auf den Gedanken, den Toten auf dem Sofa zu fotografieren. Ich denke, es war im Grunde schon das aufkeimende Misstrauen diesem herzlosen Sohn gegenüber. Ich horchte – draußen war alles ruhig. Obwohl ich mir irgendwie schräg vorkam, machte ich die Deckenlampe an und knipste mit dem Handy ein paar letzte Erinnerungen an den armen

Herrn Knappmann. Dann ging ich in den Flur, um nach dem Badezimmer Ausschau zu halten.

Patrick erschien in der Küchentür. Es war mir zwar peinlich, aber was sein muss, muss sein. »Kann ich mal die Toilette benutzen?«

Patrick nickte und zeigte nach rechts. »Kommst du dann in die Küche? Meine Mutter hat ein paar Fragen.«

»Okay«, sagte ich. »Ich hoffe, ich kann sie beantworten.«

Das Bad war sauber, aber total unmodern, aus den Siebzigern, schätze ich. Oma Engels Bad hat fast die gleichen rosa-melierten Fliesen. Auf der Spiegelablage stand außer Rasierzeug und Zahnputzutensilien nur eine Dose Nivea. Frau Knappmann schien sich aus Kosmetik nicht viel zu machen.

Der Klodeckel war geschlossen. Ich hob ihn an und spülte, das mach ich immer bei fremden Toiletten. Irgendetwas wirbelte mit dem Wasserstrudel hoch. Bei näherem Hinsehen erkannte ich einen weißen Zigarettenstummel, der sich aber nicht wegspülen ließ. Was die Leute am Rauchen finden, versteh ich wohl nie. Ich dachte an Herrn Kasimirs rauchgeschwängerte Wohnung. Sicher hatte er früher auch auf dem Klo geraucht.

Als ich in die Küche kam, starrte Frau Knappmann auf das Muster einer billigen Wachstischdecke wie auf ein Mandala.

Ich räusperte mich. »Wie kann ich Ihnen helfen?«

Frau Knappmann hob den Kopf und straffte sich. »Was kostet eine Urnenbestattung?«

Ihre brüske Frage überforderte mich für einen Augenblick.

Patrick legte die Hand auf ihre Schulter. »Meine Mutter will eigentlich nur wissen, was billiger ist, Urne oder Grab?«

Ich schluckte. Okay, die Kostenfrage taucht immer auf, aber doch nicht gleich als Erstes.

»Das kommt drauf an«, sagte ich zögernd – es war das erste Mal, dass ich ein Kundengespräch führte. »Welcher Sarg, Aufbahrung oder nicht, Grabstelle oder anonyme Bestattung. Bei der Urnenbestattung kommt die Überführung ins Krematorium dazu – einen Sarg brauchen Sie aber trotzdem. Und dann noch die Kosten für die Leichenschau, die Urne und die eigentliche Kremierung.« *Kremierung* ist eigentlich nur ein anderes Wort für *Einäscherung*, aber ich finde, es hört sich definitiv professioneller an.

Frau Knappmann erwachte schlagartig aus ihrer Apathie. »Moment«, sagte sie. »Unser Hausarzt hat die Leichenschau doch schon erledigt.«

Ich nickte. »Das stimmt, aber vor jeder Kremierung muss eine zweite Leichenschau durch einen Arzt gemacht werden. Das schreibt das Gesetz so vor.«

»Das wusste ich nicht«, erwiderte Frau Knappmann heiser. »Dann Erdbestattung. Ich werde das alles mit Frau Kuckelkorn besprechen. Die arbeitet doch bei euch.«

Ich sah sie überrascht an. »Sie kennen Frau Kuckelkorn?«

»Schon viele Jahre«, sagte Frau Knappmann. »Wir singen zusammen im Kirchenchor von Sankt Andreas. Freitag ist immer Probentag.«

»Heute ist Freitag«, bemerkte ich.

Sie nickte abwesend. »Als ich um halb neun heimkam – ich war mit den anderen noch in *Marios Pizzeria* –, lag mein Mann leblos auf dem Sofa.«

»Es war ein schrecklicher Schock für meine Mutter«, mischte sich Patrick ins Gespräch. »Sie hat mich im Studio angerufen. Ich hab alles stehen und liegen lassen und bin hergerast.«

Frau Knappmann griff nach seiner Hand. »Wenn ich dich nicht hätte.«

»Du hättest vor zwei Jahren mit mir ausziehen sollen«, erwiderte Patrick.

Ohne seine Hand loszulassen, starrte sie vor sich hin. »Du weißt, dass das nicht ging. – Und jetzt …« Sie schwieg.

Patrick löste seine Hand aus ihren Fingern und klopfte ihr auf die Schultern. »Jetzt wird alles gut.«

Ups, dachte ich. Dieser Todesfall löst also ein Familienproblem. Meine Skepsis wuchs. Patrick machte keinen Hehl daraus, was er von seinem Vater hielt. Und auch Frau Knappmann verhielt sich nicht so, wie man es von einer urplötzlich verwitweten Gattin erwartete.

Draußen hörte ich Dad und Felix hantieren. Ich ging ins Wohnzimmer zurück. Dad zog gerade den Reißverschluss des Leichensacks auf, während sich Felix über den Kopf des Toten beugte.

»Fass mal mit an, Herr Doktor! Wir sind hier nicht in der Pathologie«, sagte Dad. »Die Leichenbeschau hat der Hausarzt schon erledigt. Jetzt kommt der anstrengende Teil.«

Gemeinsam hoben sie den untersetzten Mann auf die Trage. Nun sah man, dass er einen total ausgebeulten Freizeitanzug aus Polyester trug.

Dad richtete sich auf und drückte mir ein Formular und einen Kuli in die Hand. »Frag Frau Knappmann bitte, ob sie eine Aufbahrung wünscht, und ob wir gleich einen Anzug mitnehmen sollen. Und gib ihr das hier, sie soll die Abholung quittieren. Den Auftrag zur Bestattung kann sie dann am Montag bei Frau Kuckelkorn ausfüllen!«

Während Dad und Felix die Trage schon ins Treppenhaus schleppten, ging ich noch mal in die Küche und reichte Frau Knappmann Zettel und Stift.

»Es geht nur um die Abholung«, versicherte ich ihr, als sie das Formular sichtlich widerwillig unterschrieb. Auf meine Frage nach Aufbahrung, reagierte sie, wie ich es erwartet hatte.

»Nein, danke«, zischte sie in einem Ton, als hätte ich ihr einen gepökelten Frosch serviert. »Er soll beerdigt werden, wie er ist.«

Patrick grinste bitter. »Aus dem Trainingsanzug ist er seit Jahren nicht rausgekommen, wahrscheinlich ist das Ding sowieso an ihm festgewachsen.«

Die Anzugfrage war damit also geklärt, obwohl ich mir nicht sicher war, ob das mit einem Trainingsanzug aus Kunstfaser klarging. Seit einigen Jahren muss die Kleidung der Toten aus Umweltschutzgründen verrottbar sein. – Dad würde das später schon klären.

»Ooookay«, erwiderte ich gedehnt und nahm den unterschriebenen Zettel an mich. »Mein Vater sagt, Sie sollen am Montag früh in die Firma kommen, um alles Weitere zu besprechen.«

»Am Montagmorgen – da müsste ich mir freinehmen«, wandte Patrick ein. »Geht nicht auch Spätnachmittag?«

Ich zögerte. »Na ja, das verschiebt den ganzen Behördenkram …«

»Keine Sorge, Patrick. Ich schaff das schon allein!«, sagte Frau Knappmann. Mit unverkennbarem Stolz in den Augen sah sie mich an. »Patrick ist nämlich Executive Assistant im MOVE-FOR-FUN-Club.«

»Das ist toll«, sagte ich höflich, und dachte, dass diese aufgeblähten amerikanischen Bezeichnungen echt was hermachten, was immer sich auch dahinter verbarg. Jedenfalls erklärte Patricks Arbeit in einem Fitnessstudio seine muskulösen Schultern.

»Gut, damit wäre so weit alles klar.« Ich hob die Hand. »Dann einen schönen Abend noch.« Erst beim Rausgehen fiel mir ein, wie bescheuert mein Abschiedsgruß sich angehört haben musste. Andererseits wurde ich das beklemmende Gefühl nicht los, dass den beiden in der Küche dieser überraschende Tod nicht nur gleichgültig war, sondern vielleicht sogar gelegen kam. Ich nahm mir vor, mit Herrn Kasimir darüber zu sprechen.

2. KAPITEL

Als ich mein Zimmer betrat, saß Herr Kasimir übellaunig in seinem Käfig. Mum hatte den Fernseher ausgeschaltet, und den vermeintlichen Bully hinter Gitter gebracht. Dass ich mein Meerschweinchen mit ins Bett nehme, ist ihr ohnehin ein Dorn im Auge.

»Den Abend hatte ich mir anders vorgestellt«, maulte Herr Kasimir mich an. »Jetzt habe ich die Auflösung verpasst, dabei wusste ich schon nach zehn Minuten, wer der Mörder war.«

Er sprach von dem Krimi. »Dann ist es ja nicht so schlimm, wenn Sie es eh wussten«, gab ich zurück und öffnete die Schranktür, damit er mich beim Umziehen nicht sehen konnte.

Marlowe kam erwartungsvoll auf mich zu. Seiner Körpersprache entnahm ich, dass er noch mal rausmusste. »Ach Marlowe! – Wirklich?«

Seufzend schälte ich mich aus der engen schwarzen

Hose und schlüpfte in eine Leggins. – Ich weiß, ich sollte besser keine tragen. Aber erstens sind die saubequem, und zweitens: Im Dunkeln sieht mich ja keiner.

»Kommen Sie mit?«, sagte ich zu Herrn Kasimir, zog ein Sweatshirt über und steckte die angebrochene Tüte mit den Knabbernüssen ein.

»Hast du inzwischen Zigaretten besorgt?«, fragte Herr Kasimir in dem fordernden Ton, den ich an ihm so liebe.

»Verdammt! Nein!«, raunzte ich ihn an. »Wie denn? Ich bin unter achtzehn! Jugendschutz! Schon mal gehört? – Außerdem haben wir grade vorhin wieder so einen Kettenraucher abgeholt. Noch gar nicht sehr alt und tot wie ein Stein.«

»Ich möchte anmerken, dass ich durchaus nicht durchs Rauchen gestorben bin«, erwiderte Herr Kasimir unterkühlt.

Wo er recht hatte, hatte er recht, er war definitiv ermordet worden. – Unverzüglich erschien vor mir das rote Gesicht des Toten auf dem Sofa. Gab es hier eine Parallele oder sah ich Gespenster?

Ich bin zwar dagegen, dass Herr Kasimir raucht, da er aber einen frustrierenden Abend hinter sich hatte, wollte ich im Aufenthaltsraum nachsehen, ob Herr Hahn zufällig seine Zigaretten liegen gelassen hatte, was gelegentlich vorkommt. Ich setzte Herrn Kasimir auf die Schulter und ging nach unten. Marlowe trabte geräuschvoll hinter uns her. Was die Zigaretten anging – Fehlanzeige.

»Sie werden es sich abgewöhnen müssen«, sagte ich und kramte die Nüsse heraus. »Wie wär's hiermit?«

Aus den Augenwinkeln sah ich seinen verachtenden Blick. »Durch Fettleibigkeit sterben mehr Leute als durchs Rauchen.«

Ich ignorierte seine Bemerkung und rief Dad, der eben aus dem Büro kam, zu: »Ich geh noch mal kurz mit Marlowe raus.«

Dad nickte. »Gut. Ich bin übrigens sehr stolz auf dich, Valentine. Ich finde, du hast deine Sache heute super gemacht!«

»Danke«, sagte ich und legte Marlowe die Leine an. »Eine komische Familie war das.«

Er lächelte. »Das ist das Interessante an unserem Beruf, man lernt die unterschiedlichsten Leute kennen.«

Nicht weit von uns ist das ideale Hundeklo. Die Kastanienallee. Ein Baumstamm nach dem anderen reiht sich auf einem breiten Grünstreifen, der den Gehweg von der Straße trennt, dazwischen hie und da Parkbänke. Ein wahres Paradies für Hundehalter und Beinchenheber.

Marlowe steuerte auch gleich auf seinen Stammbaum

zu. Leider hob er nicht nur das Bein, sondern nahm eine eindeutige Stellung ein.

»Verdammt, ich hab keine Tüte dabei!«, sagte ich. »Scheiße!«

»Du triffst es auf den Punkt«, erwiderte Herr Kasimir trocken, während wir zusahen, wie Marlowe einen respektablen Haufen ins Gras setzte.

Ich kramte in meiner Jacke. Nichts, außer den Nüssen. Jeder andere hätte jetzt wahrscheinlich schleunigst die Kurve gekratzt, zumal ohnehin gerade niemand zu sehen war. Aber Hundekacke einfach liegen zu lassen, geht mir komplett gegen den Strich. Ich hab mich über diese stinkenden Tretminen schon tierisch aufgeregt, ehe ich selbst einen Hund hatte. Erst letzten Sommer bin ich volle Pulle in eine reingelatscht. Mit Flip-Flops! – Echt, ich hab mir neue gekauft.

Ich zog also die Nüsse heraus und betrachtete die, zugegeben, etwas kleine Verpackung, aber sie war besser als gar nichts.

»Okay«, sagte ich und setzte mich auf eine Bank. »Dann machen wir die mal leer. Ich muss Ihnen sowieso noch was erzählen. – Wollen Sie jetzt welche?«

»Ein paar nehme ich, auch wenn mir eine Zigarette lieber wäre«, antwortete Herr Kasimir. »Um was geht's?«

In den nächsten zwanzig Minuten knabberten wir

Nüsse, während ich ihm meine Beobachtungen bei der Abholung schilderte.

Herrn Kasimirs Aufmerksamkeit steigerte sich zusehends, seine Barthaare zitterten erregt, als er schließlich fragte: »Welche Todesursache stand auf dem Totenschein?«

Ich zuckte mit den Schultern. »Keine Ahnung.«

»Dann verschaff sie dir!« Herr Kasimir schnaubte. »Ich wette, plötzlicher Herztod oder etwas in der Art. Genau wie in meinem Fall. – Natürlicher Tod ...«

Ich bekam Gänsehaut, er schien meinen vagen Verdacht tatsächlich zu teilen. »Glauben Sie wirklich, er wurde umgebracht?«

»Glauben ist nicht wissen«, sagte Herr Kasimir. »Für eine polizeiliche Ermittlung gäbe es nicht annähernd einen Anfangsverdacht. Aber für einen alten Hasen mit Spürnase wie mich reicht er.«

Ganz in Gedanken zerknüllte ich die Tüte. »Heißt das, wir gehen der Sache nach?«

»Warum nicht?«, sagte Herr Kasimir. »Ein bisschen Detektivarbeit tut meinen grauen Zellen gut. Das stupide Leben eines Kleinnagers füllt mich nicht annähernd aus. – Übrigens, was machst du da eigentlich ...?«

Ich stöhnte auf. »Mist!« Damit glättete ich den zerknitterten Beutel wieder und stand auf.

Marlowe, der inzwischen zu meinen Füßen lag, erhob

sich ebenfalls. Als ich mich über seine Hinterlassenschaft beugte, sah er interessiert zu.

Was dann geschah, will ich kurzhalten, weil ich jetzt noch würgen muss. Nur so viel: die blöde Tüte war definitiv zu klein, und das Plastik viel zu steif für den geschickten Entsorgungsgriff.

Mein Schrei muss durch die Stadt gehallt sein. Glück war noch, dass ich in einem Abfallkorb eine alte Zeitung fand, sodass ich das Ärgste abstreifen konnte. Jedenfalls rannte ich, die Rechte weit von mir gestreckt, heimwärts. Mit der Linken fummelte ich die Tür auf und raste ins Besucher-WC, um mir eine gefühlte halbe Stunde die Hände zu waschen. Erst als Herr Kasimir sagte, ich sollte die Haut vielleicht doch dranlassen, drehte ich den Wasserhahn zu.

Meine Eltern waren oben in der Wohnung und sahen fern. Ich nutzte die Gelegenheit, um in Dads Büro einen Blick auf den Totenschein zu werfen. Wie ich es mir gedacht hatte, lag das Formular ganz oben im Ablagekorb. – Anders, als der Name vermuten lässt, besteht ein Totenschein aus mehreren Blättern. Ich setzte Herrn Kasimir also auf den Tisch und wühlte mich durch die Angaben. »Natürlicher Tod«, murmelte ich und blätterte weiter. »Vermutlicher Sterbezeitpunkt zwischen 17 und 19 Uhr … Warten Sie, hier steht's! – Myokardinfarkt oder Apoplex«, buchstabierte ich. »Hä?«

»Herzinfarkt oder Schlaganfall«, klärte Herr Kasimir mich auf. »Darauf hätte ich gewettet.«

»Hm«, sagte ich. »Ich hatte irgendwie gleich so ein ungutes Bauchgefühl. Deshalb hab ich auch Fotos von dem Toten gemacht.«

Herr Kasimir sah zu mir hoch. »Ja, du entwickelst dich tatsächlich zu einer brauchbaren Kriminalassistentin.«

Obwohl ich es ihm nicht zeigte, freute ich mich über seine Bemerkung. Herr Kasimir neigt normalerweise nicht zu Lobhudelei. Rumnörgeln liegt ihm leider sehr viel mehr.

Als ich ins Bett ging, überschlugen sich meine Gedanken. Gut, wir hatten einen Verdacht. »Anfangsverdacht«, wie Herr Kasimir das nannte. Aber sonst hatten wir nichts! Rein gar nichts. Und dazu standen wir wieder einmal vor unserem Hauptproblem: Welche Möglichkeiten hatten ein minderjähriges Mädchen und ein Kriminaloberkommissar in einem Meerschweinchenkörper, diesen Verdacht zu überprüfen?

Nachdem ich also ewig nicht hatte einschlafen können, wachte ich für einen Samstagmorgen auch noch viel zu früh auf. Ich sprang aus dem Bett und schloss das Handy am PC an, um die Fotos auf die Festplatte zu kopieren. Vielleicht sah man auf den Bildern was.

Der Begrüßungsjingle des Computers weckte Herrn Kasimir. Er kroch aus seinem Schlafhäuschen und streckte sich. »Ich hab miserabel geschlafen«, teilte er mir verdrossen mit. »Musst du in aller Herrgottsfrühe so einen Lärm veranstalten? – Was machst du da überhaupt?«

Ich starrte weiter auf den Bildschirm. »Ich wollte mal einen Blick auf die Fotos werfen.«

»Ohne mich?!« Herr Kasimir richtete sich empört am Gitter auf. »Könntest du mich freundlicherweise aus diesem verfluchten Meerschweinchenknast befreien!«

Ich befreite ihn also aus dem *verfluchten Meerschweinchenknast* und setzte ihn auf dem Computertisch ab.

Bis heute hadert Herr Kasimir mit seinem Schicksal. Ist ja auch verständlich. Ich meine, ich will mir lieber nicht vorstellen, wie es sich anfühlen muss, plötzlich im Körper eines Meerschweinchens aufzuwachen.

Die Bilder waren gar nicht so schlecht, heißt: die Qualität. Was drauf war – na ja. Schön ist anders.

»Dem roten Gesicht und der leeren Flasche nach zu urteilen, war der gute Herr Knappmann wohl wirklich ein Säufer«, bemerkte Herr Kasimir.

Ich nickte. »Das hat sein Sohn deutlich gesagt. Und dass er zu viel geraucht hat.« Ich vergrößerte das Foto und zeigte mit der Maus auf den Aschenbecher.

»Selbstgedrehte«, stellte Herr Kasimir fest. »Das macht ihn mir direkt sympathisch.«

Na ja, ich konnte nicht sagen, dass mir an dem Mann irgendetwas sympathisch war. Lebend hatte ich ihn zwar nicht kennengelernt, aber selbst dem Toten sah man noch an, dass er kein Freund übertriebener Körperpflege gewesen sein konnte. Das Rasierzeug im Bad schien er länger nicht benutzt zu haben, und seine Haare glänzten speckig. Trotzdem tat er mir leid, deshalb sagte ich: »Hat nicht jeder ein bisschen Trauer verdient?«

»Jeder bekommt die Trauer, die er verdient«, gab Herr Kasimir zurück. »Dennoch ist es ungewöhnlich, dass sein plötzliches Ableben die nächsten Angehörigen so gar nicht berührt.«

»Aber ist das nicht ein bisschen wenig für einen Mordverdacht?«, wandte ich ein.

»Viel ist es leider wirklich nicht«, gab Herr Kasimir zu. »Aber übers Wochenende können wir so gut wie gar nichts unternehmen. Am Montag interviewst du erst mal Frau Kuckelkorn. Vielleicht weiß sie etwas über die Familie, das uns weiterbringt. Übrigens, wenn er nicht eingeäschert wird – wann ist dann voraussichtlich die Beerdigung?«

Ich zuckte mit den Schultern. »Sicher nicht vor Dienstag. Samstag, Sonntag haben die Ämter zu. – Wissen Sie was, wir könnten den Knappmanns heute mal einen Besuch abstatten. Ich sag einfach, ich hätte was bei ihnen vergessen.«

Herr Kasimir schwieg für einen Moment, dann brummelte er: »Warum nicht, wir haben eh nichts Besseres vor.«

Seine Zustimmung war schon das zweite Lob für heute. Er mochte es normalerweise nicht, wenn die Ideen von mir kamen.

Nach dem Frühstück zog ich eines meiner geliebten Hoodies über – ich hab die Dinger in fast allen Farben. Ich setzte Herrn Kasimir auf die Schulter und schob meinen alten Drahtesel aus dem Schuppen. Marlowe wedelte erfreut mit dem Schwanz, das Fahrrad deutete auf einen längeren Ausflug hin. Trotz seines schwerfälligen Aussehens liebt er es, neben dem Rad herzutraben, dass seine langen Ohren klatschen. Da ich nie besonders schnell fahre, was einerseits an der veralteten Dreigangschaltung, andererseits an meiner verbesserungswürdigen Kondition liegt, kommt er mühelos mit. Inzwischen leine ich ihn auch nicht mehr an, wenn wir mit dem Rad unterwegs sind. Herr Kasimir meint, es sei sicherer so, auch wenn es gegen die Hundeverordnung verstößt. Ich denke, er hat recht. Ein Fünfzig-Kilo-Hund, der sich in der Leine verheddert, ist definitiv eine größere Gefahr für den Straßenverkehr als ein freilaufender Fünfzig-Kilo-Hund, der aufs Wort gehorcht. Und Marlowe gehorcht aufs Wort.

»Ist es weit?«, erkundigte sich Herr Kasimir, dem der Fahrwind das Fell bürstete.

»Etwa zwanzig Minuten«, gab ich zurück. »Es ist frisch. Soll ich Sie lieber in die Tasche stecken?«

»So schnell steckst du mich nicht in die Tasche«, konterte Herr Kasimir. »Ein sturmerprobter Polizist wie ich ist schließlich kein Weichei.«

Ich kommentierte seine doppeldeutige Äußerung nicht, obwohl ich ihn tatsächlich lieber ins Hoodie gesteckt hätte, weil ich spürte, dass er vor Kälte bibberte. Aber ich weiß ja: Herr Kasimir zieht den Platz auf meiner Schulter dem in den Tiefen der Bauchtasche vor. Er legt großen Wert darauf, auf Augenhöhe mit mir zu sein, was, rein körperlich gesehen, natürlich völlig unmöglich ist. Also trat ich fester in die Pedale, um die Fahrt so kurz wie möglich zu halten.

»Hast du dir eigentlich schon Gedanken gemacht, was du vergessen hast?«, erkundigte sich Herr Kasimir.

Ich nickte. »Hab ich. Dads Kuli, den hab ich nämlich tatsächlich liegen lassen.«

»Dann ist deine Schussligkeit direkt mal was wert«, bemerkte Herr Kasimir, der sich wahrscheinlich einen wertvollen Kugelschreiber vorstellte. Ich ließ ihn in dem Glauben, obwohl es sich um einen Werbekugelschreiber mit unserer Firmenadresse handelte, die Dad andauernd an Kunden verschenkt.

Auch ich war ziemlich durchgefroren, als ich endlich vor dem Mietshaus stoppte, aus dem wir den bedauernswerten Herrn Knappmann gestern abgeholt hatten. Dieser April war verdammt kalt, vor ein paar Tagen hatte es sogar noch mal geschneit. Typisch. Kaum begannen die Osterferien, wurde das Wetter schlecht.

Ich stellte das Rad ab und wies Marlowe an, auf uns zu warten. Er setzte sich zwar folgsam hin, sah mir aber vorwurfsvoll nach, als ich in der Eingangstür verschwand. Während ich die Treppen hochstieg, verstaute ich Herrn Kasimir nun doch in der Bauchtasche. Mein magerer Vorwand mit dem Kuli war schon schräg, mit einem Meerschweinchen aufzukreuzen, würde meinen Ruf als kompetente Bestatterstochter aber endgültig ruinieren.

3. KAPITEL

Ich läutete.

Kurz darauf öffnete Patrick die Tür. »Du?«

»Äh, ja ...«, stammelte ich. »Ich hab gestern den Kuli von meinem Vater liegen gelassen.«

»Komm rein«, sagte Patrick, »aber pass auf!« Seine Warnung bezog sich auf eine lange Reihe von auffällig orangen Müllsäcken, die den Flur blockierten. Ich schlängelte mich beklommen in die Wohnung. Dem Inhalt nach zu schließen – die meisten Säcke waren noch offen – handelte es sich um die Sachen des Verstorbenen. Mann, die hatten es ja eilig!

»Patrick, sind noch Säcke da?« Einen Anzug über dem Arm erschien Frau Knappmann. Sie sah mich erstaunt an. »Ich hab es gar nicht läuten hören. Was willst du?«

»Äh«, setzte ich an.

»Sie hat gestern den Kugelschreiber ihres Vaters liegen lassen«, antwortete Patrick für mich.

»Kugelschreiber?«, wiederholte Frau Knappmann und sah mich zweifelnd an. »Ich erinnere mich nicht an einen Kugelschreiber. Na ja, es war ja auch alles sehr stressig gestern.« Mit einer energischen Bewegung stopfte sie den Anzug in einen Sack und nickte mir dann zu. »Wart hier, er muss ja noch in der Küche herumliegen.« Dann wandte sie sich zu ihrem Sohn um. »Schau du sicherheitshalber im Wohnzimmer nach!«

Während Patrick und seine Mutter sich auf die Suche machten, lugte Herr Kasimir aus seinem Versteck und sah sich um. »Die können es wohl kaum erwarten, die Erinnerungen an den Toten auszumerzen«, stellte er fest. »Das kann einem schon zu denken geben ...« Plötzlich erbebten seine Barthaare. Er starrte wie gebannt auf den mir zunächst stehenden Müllsack. Ich wusste sofort, was da so sehr sein Interesse erregte: Ganz zuoberst lag das Päckchen Tabak, das ich gestern auf dem Couchtisch gesehen hatte. Ich weiß echt nicht, welcher Teufel mich in diesem Moment ritt. Ich klaue NIE! Außerdem bin ich definitiv GEGEN das Rauchen. Und trotzdem tat ich es! Mit einem blitzschnellen Griff schnappte ich mir das Päckchen und schob es zu Herrn Kasimir in die Bauchtasche. Sein verdutztes Pfeifen brachte mir einen erstaunten Blick von Patrick ein, der soeben aus dem Wohnzimmer kam. Mir fiel nichts Besseres ein, als die Lippen zu spitzen, und eine undefinierbare Tonfolge von mir zu geben. Unpassender konnte man sich im Haus eines Kunden nun wirklich nicht benehmen! Patrick musterte mich irritiert. Er muss mich für völlig verblödet gehalten haben. Ich hüstelte verlegen.

Patrick schüttelte den Kopf. »Also im Wohnzimmer war nichts. Vielleicht finden wir den Kuli, wenn wir ausräumen. Das Sofa kommt am Montag weg und frisch gestrichen wird auch. Alles hier stinkt nach seiner widerlichen Qualmerei.«

In diesem Augenblick erschien auch seine Mutter wieder. »Hast du etwa den hier gemeint?«, fragte sie und reichte mir den Billig-Griffel.

Mit einem hastigen Nicken nahm ich ihn an mich. »Super, danke, das ist er!« Damit machte ich mich so hastig auf den Weg zur Wohnungstür, dass ich einen Müllsack umstieß. »En-Entschuldigung«, stotterte ich und bückte mich nach den Sachen, die herausgefallen waren.

»Lass, ich mach das!« Damit entriss mir Frau Knappmann ein gerahmtes Hochzeitsfoto.

Ich rappelte mich eilig hoch und verließ mit einem flüchtigen Gruß die Wohnung. Draußen befreite ich Herrn Kasimir aus der engen Bauchtasche und setzte ihn wieder auf die Schulter.

»Danke«, sagte er, »danke für den Tabak.«

Ich sah ihn unsicher an. »Das sagen Sie als Polizeibeamter? – Den hab ich doch geklaut, weiß der Himmel wieso ...«

»›Klauen‹ ist ein hartes Wort«, erwiderte Herr Kasimir. »Genau genommen war es die Unterschlagung einer geringwertigen Sache nach Paragraph 248a – früher nannte man das Mundraub. In diesem besonderen Fall wäre der schöne Tabak ohnehin im Müll gelandet. – Du hast es außerdem für mich riskiert. Und das rechne ich dir hoch an.«

Damit machte er mich so verlegen, dass ich nur ein unsicheres »Gern geschehen« murmelte.

Marlowe begrüßte uns erfreut.

»Ich hab zwar nicht annähernd deine Nase«, sagte ich zu ihm, während ich ihn tätschelte. »Aber dass da oben was faul ist, stinkt zum Himmel.«

»Ich fürchte, du hast recht«, bemerkte Herr Kasimir. »Das ist kein normales Verhalten nach einem derart überraschenden Todesfall in der nächsten Familie. Wie du ja weißt, konnte ich mich von Mamas Sachen noch nach Jahren nicht trennen.«

Oh ja, das wusste ich. Herr Kasimir hatte noch Jahre nach dem Tod seiner Mutter zwischen Spitzendeckchen und handgestickten Kitschbildern gehaust. – *Normal* war das meiner Meinung nach allerdings auch nicht ... Aber das verkniff ich mir, und sagte: »Selbst das Hochzeitsfoto haben sie schon entsorgt.«

»Und dass sie sogar die Wohnung streichen lassen, spricht Bände«, ergänzte Herr Kasimir. »Wir müssen unbedingt etwas über die Familienverhältnisse herausfinden und die Alibis überprüfen.«

Ich sah zum Himmel. Hatte ich da eben einen Tropfen abgekriegt? »Verdammt! Da zieht was auf!«

Herr Kasimir folgte meinem Blick. »Dann komm in die Gänge, sonst werden wir nass!«

Ein entferntes Donnergrollen ließ mich zögern. »Soll ich Sie nicht besser doch in die Tasche stecken? Ich kann den Tabak rausnehmen.«

Herr Kasimir schnaubte. »Das fehlte noch, dass mein schöner Tabak nass wird. Ich bin nicht aus Zucker! Halt keine Volksreden! Fahr endlich!«

Okay, ich strampelte also los. Aber schon drei Hausecken weiter klatschten dicke Tropfen auf uns nieder. Wind zog auf und peitschte mir den Regen ins Gesicht. Ich fühlte, wie sich Meeri-Krallen in meine Schultern bohrten. Mit zusammengebissenen Zähnen beschleunigte ich, soweit es der Gegenwind und mein uraltes Fahrrad zuließen. Marlowe trabte eine Länge vor uns her. Mir war klar, dass er nur aus Rücksicht auf seine lahme Zweibeinerin keinen Sprint hinlegte. Das Gewitter nahm Fahrt auf. Die Straße schwamm. Jeder vorbeifahrende Wagen beglückte uns mit einem Schwall Wasser. Schon völlig durchnässt steuerte ich ein Bushäuschen an. Die Leute, die hier Schutz gesucht hatten, rückten mit finsteren Mienen zusammen, als wir uns zu ihnen flüchteten. Dass sich Marlowe dann noch heftig schüttelte, brachte uns auch nicht gerade Punkte ein. »Entschuldigung«, murmelte ich heiser und zog ihn am Halsband näher an mich heran. Eine Frau starrte stirnrunzelnd auf das bibbernde Meerschweinchen auf meiner Schulter. Ihr Blick sprach Bände. Ich wandte den Kopf weg und betete, dass der verdammte Regen bald aufhören würde.

Man glaubt gar nicht, wie Zeit sich ziehen kann. Dabei waren es höchstens zehn Minuten, bis die Wasserfluten wieder in gemäßigten Regen übergingen. Zur Erleichterung aller – Marlowes Aroma von nassem Hund war echt eine Zumutung – verließen wir als Erste das Bushäuschen. Als wir endlich zu Hause ankamen, tröpfelte es nur noch.

Ich stellte das Rad in den Schuppen und lief ins Haus, wo ich Marlowe noch im Erdgeschoss mit einem Hundehandtuch abrubbelte, was er mit einem vorwurfsvollen Blick über sich ergehen ließ. Dann pflückte ich Herrn Kasimir von der Schulter, um ihn ebenfalls abzutrocknen. »Doch nicht mit dem alten Hundelappen!«, fuhr er mich an. »Bei aller Liebe, aber Marlowe stinkt bestialisch.«

Also trug ich Herrn Kasimir nach oben ins Bad, zog

das klatschnasse Hoodie aus und stellte fest, dass sogar das T-Shirt darunter nass geworden war.

»Der Tabak ist doch hoffentlich trocken geblieben?«, erkundigte sich Herr Kasimir.

Ich fummelte die Packung aus der Bauchtasche. »Sieht so aus, die Hülle ist zum Glück aus Plastik.«

Es klopfte an der Tür. »Valentine, bist du da drin?«

Ich ließ den Tabak verschwinden. »Mome-ent!«

Einen Augenblick später stand meine Mutter schon im Bad. »Dass du bei dem Sauwetter mit dem Hund rausgehst! Dein Vater und ich haben uns schon Sorgen gemacht. Warum bist du denn nicht ans Handy gegangen?«

»Ups«, sagte ich. »Hab ich echt nicht gehört. Es hat dermaßen gewütet.«

Mum nickte. »Ich wollte dir nur Bescheid sagen, dass wir jetzt zu Oma Engel rüberfahren. Willst du mit?«

Ich schüttelte den Kopf. »Heute nicht, aber grüßt sie von mir!«

Mum zeigte naserümpfend auf Marlowe. »Lass den Hund im Flur trocknen. Er stinkt erbärmlich. – Sie blickte mitleidig auf Herrn Kasimir, der, in ein Gästehandtuch eingewickelt, auf der Waschmaschine saß. »Hoffe, dein kleiner Bully hat sich nicht erkältet.«

»Bestimmt nicht«, sagte ich, »er ist ein sturmerprobter ...« Ich stockte.

Obwohl Marlowe noch heftig müffelte, nahm ich ihn mit in mein Zimmer. Dann zog ich mich um, während Herr Kasimir auf meinem Schreibtisch saß und sehnsüchtig an dem Päckchen Tabak schnupperte.

»Kannst du Zigaretten drehen?«, erkundigte er sich, als ich in trockenen Sachen zu ihm kam.

Ich nickte bissig. »Klar, haben wir im Kindergarten gelernt.«

»Sei nicht schnippisch, mach dich lieber an die Arbeit«, sagte er. »Ich brauch jetzt eine. Ich muss denken!«

Seufzend öffnete ich die Packung und zog ein Heftchen Zigarettenpapier heraus.

»Kriegst du das hin?« In seiner Stimme schwang Sorge.

Ich verdrehte die Augen. »Das sollte ja nicht so schwierig sein.«

»Ist es auch nicht«, sagte Herr Kasimir. »Also pass auf, du machst jetzt Folgendes …«

Dann erklärte er mir haarklein jeden Schritt, während ich versuchte, seinen Anweisungen zu folgen. Doch zu meiner Schande muss ich gestehen: Es war schwierig! Irgendwie wollte der Tabak einfach nicht auf dem winzigen Papier liegen bleiben. Spätestens, wenn ich das Ganze an die Lippen führte, um die Gummierung zu befeuchten, rieselte alles wieder heraus.

Herr Kasimir beobachtete mich nervös. »Hast du eigentlich zehn Daumen? – Pass auf, dass die wertvollen Krümel nicht auf den Boden fallen!«

Ich versuchte es erneut, aber eine Zigarette brachte ich einfach nicht hin. Nachdem ich drei Papiere vernichtet hatte, lehnte ich mich stöhnend zurück. »Verdammt, ich kann das nicht!«

Herr Kasimir beobachtete mich gereizt. »Nicht zu glauben!«

Endlich kam mir der rettende Gedanke. Ich schaltete den PC ein und suchte nach einem Video-Tutorial über Zigarettendrehen. Keine Ahnung, warum Leute ihre Zeit damit verschwenden, derartige Anleitungen ins Netz zu stellen. Aber ich war heilfroh, dass der Dicke, dessen Video ich schließlich anklickte, sich offenbar dazu berufen fühlte, diese einzigartige Kulturtechnik an seine Mitmenschen weiterzugeben.

Mithilfe der Pause-Taste arbeitete ich mich durch die einzelnen Schritte und brachte tatsächlich etwas zustande, das man mit ein wenig gutem Willen als Zigarette erkennen konnte. Ich pflückte mir stolz die Tabakkrümel von den Lippen und zeigte Herrn Kasimir das Ergebnis meiner Bemühungen.

»Das Design ist verbesserungsfähig«, sagte er. »Aber fürs erste Mal lasse ich es gelten. Zünd sie mir an!«

Glücklicherweise schien gerade mal die Sonne, sodass

wir auf den Balkon konnten. Glimmstängel in meinem Zimmer anzuzünden, ist mir zu heiß. Mum würde es hundertpro riechen. Mit Todesverachtung zündete ich die Zigarette an und hielt sie ihm unter die Nase, während ich mich fragte, was das eigentlich sollte. Genau genommen raucht Herr Kasimir nämlich gar nicht richtig. Gleich der erste Lungenzug in seinem Meeri-Körper hatte ihn fast umgebracht. Kleinnager sind für so etwas einfach nicht gemacht. Seither atmet er nur den Qualm ein. Keine Ahnung, was ihm das gibt. Dieses Mal hielt sich sein Genuss aber in Grenzen. Schon nach kurzer Zeit fing er an zu hecheln.

Ich sah ihn besorgt an. »Was ist?«

Herr Kasimir nieste. »Weiß nicht, ich krieg auf einmal keine Luft mehr.«

Ich kniete mich auf den Boden und entdeckte, dass zähflüssiger Schleim aus seiner Nase tropfte.

Ich drückte die Zigarette aus. »Mist, Sie haben sich heute erkältet.«

Er protestierte nicht, woraus ich schloss, dass er mir zustimmte. »Meine Nase – völlig dicht«, sagte er und nieste gleich dreimal hintereinander.

Ich brachte ihn ins Zimmer zurück. »Das hat uns noch gefehlt. Gleich am Montag gehen wir zum Tierarzt.«

»So weit kommt's noch«, protestierte Herr Kasimir.

»Zum Tierarzt! Ein bisschen Schnupfen bringt einen wie mich doch nicht gleich um.«

»Sie sind ein Meerschweinchen! Meeris kriegen verdammt schnell eine Lungenentzündung.« Ich wischte ihm die Schnauze mit einem Papiertaschentuch ab.

»Ich bin kein ...« Ein heftiges Niesen unterbrach ihn.

Ich schüttelte den Kopf. »Doch, sind Sie! Jedenfalls körperlich. Und ich bin für Sie verantwortlich.«

Noch am Nachmittag verschlechterte sich sein Zustand. Das Futter rührte er nicht an und er zitterte vor Kälte.

Mum, die inzwischen zurück war, machte mir Vorhaltungen: »Das kommt davon, weil du den armen kleinen Bully auch überallhin mitschleppst!« – Nein, das machte es mir auch nicht leichter.

An diesem Abend kauerte Herr Kasimir in meinem Bett und blinzelte mich aus glasigen Kulleraugen an. »Ich glaub, mich hat's tatsächlich erwischt. Mama hat mir in solchen Fällen immer einen Wollschal umgebunden und Kräutertee für mich gekocht.«

Seine Stimme klang weinerlich und gar nicht mehr sturmerprobt. Er tat mir leid, und ich fühlte mich schuldig.

Kräutertee war im Haus. Ich machte ihm also eine Tasse und überlegte, wie ich ihm einen Schal um den nicht vorhandenen Hals legen sollte. Schließlich hatte ich einen genialen Einfall! Ich schnitt kurzerhand den Fuß von einem wollenen Ringelsocken ab und stülpte Herrn Kasimir den übrig geblieben Schlauch über. – Ich zieh Oma Engels handgestrickte Monster ohnehin nicht an.

»Schönes Muster«, sagte er müde und nieste wieder.

Ich grinste. »Ja, steht Ihnen. Bedanken Sie sich bei Oma.«

Den Abend verbrachte er in meinem Bett, während ich im Internet einige Meerschweinchen-Foren abklapperte. Der Tipp, Fieber im Hintern zu messen, fiel definitiv flach. Ich wollte mir nicht mal vorstellen, was er davon halten würde. Unterm Strich blieb: warm halten und viel zu trinken geben – nichts, was ich nicht vorher schon gewusst hätte.

Tee hatte er etwas getrunken und warm war es in meinem Bett. Allerdings konnte er da nicht über Nacht bleiben, weil ich sehr unruhig schlafe. Marlowes Schnarchgeräusche brachten mich auf die Idee, den großen Vierbeiner als Wärmflasche für den kleinen einzusetzen.

Marlowe, der wie immer auf meinem Bettvorleger lag, blickte erstaunt hoch, als ich Herrn Kasimir in seine Obhut gab.

Zum Glück war Herr Kasimir zu fertig, um Widerstand zu leisten. Er ließ es sogar über sich ergehen, dass Marlowes weiche Zunge sorgsam über sein Ringelsocken-Outfit leckte.

Herr Kasimir schloss erschöpft die Augen und seufzte. »Gut, dass meine Nase verstopft ist.«

Keiner von uns schlief gut in dieser Nacht. Herr Kasimir bekam keine Luft und schnarchte, wenn er gerade mal nicht niesen musste, mit Marlowe um die Wette.

So hatte ich viel Zeit zum Grübeln. Irgendwie war mir plötzlich bewusst, wie zerbrechlich die Gesundheit eines Meerschweinchens war. Ich meine, keines meiner beiden Meeris war eines natürlichen Todes gestorben. Meerschweinchen wurden höchstens zehn, bestenfalls zwölf Jahre alt. Bully war ungefähr zwei gewesen, als das mit Herrn Kasimir passierte. Das hieß, sein Körper konnte bei guter Pflege noch etwa zehn Jahre durchhalten. Ich würde also längst erwachsen sein, wenn der schwarze Tag denn käme. Aber schon jetzt konnte ich mir ein Leben ohne meinen schlecht gelaunten Herrn Kriminaloberkommissar einfach nicht mehr vorstellen.

Als er am Sonntagmorgen noch immer nichts zu sich nehmen wollte und es aus seiner Nase wie aus einem Wasserhahn tropfte, durchforstete ich unsere Hausapotheke. Mum, die Wäsche in die Maschine stopfte, sah stirnrunzelnd hoch. »Falls du was für deinen Bully suchst: Medikamente für Menschen bringen so ein kleines Tier um.«

Ich seufzte. »Haben wir denn gar nichts, was ihm helfen könnte?«

»Wart mal, ich hab da noch was von Oma Engels esoterischen Mittelchen.« Mum kramte aus den Tiefen der Schublade ein Fläschchen. »Versuch's mal damit! Ich glaub zwar nicht dran, aber schaden wird es wohl auch nicht.«

»Tropfen?« Ich überflog die komplizierten Namen der Inhaltsstoffe. »Und die helfen?«

Mum zuckte mit den Schultern. Ich grinste. Oma drängt uns andauernd irgendwelche Naturheilmittel auf, von denen sie im Reformhaus-Blättchen gelesen hat. Mum hingegen schwört voll auf Chemie.

Froh, irgendetwas für ihn tun zu können, verpasste ich Herrn Kasimir drei Tropfen von dem Zeug und ging mit Marlowe Gassi. Als ich wieder kam, knabberte er an einem Apfelstück und blickte schon viel munterer aus der Wäsche, beziehungsweise seinem Ringelmantel.

Ich atmete auf. »Mann, geht es Ihnen besser?«

»Die Tropfen«, sagte Herr Kasimir. »Mama hat mir auch immer homöopathische Mittel gegeben.«

»Wenn man fest dran glaubt«, gab ich zurück.

»Mit dem Placebo-Effekt brauchst du mir nicht zu kommen. Ich bin alles andere als leichtgläubig!« Seine

Barthaare zitterten empört. »Homöopathie hat mich jedenfalls nicht umgebracht!«

Da hatte er recht, ihn hatte ein bekanntes Blutdruckmittel das Leben gekostet.

4. Kapitel

Die Tropfen, die ich ihm zunächst stündlich gab, halfen Herrn Kasimir erstaunlicherweise wirklich auf die Beine. Er nieste zwar noch und seine Nase lief, aber sein Appetit kehrte zurück und er schien kein Fieber mehr zu haben.

Die Nacht zum Montag verlief ruhiger und ich war heilfroh, dass ich ihn nicht zum Tierarzt bringen musste.

Als ich vom Frühstück zurück in mein Zimmer kam, nahm er mich zuerst gar nicht wahr, weil er gerade verzweifelt versuchte, sich von seiner geringelten Wollhülle zu befreien, was irgendwie putzig aussah.

Ich unterdrückte ein Grinsen. »Soll ich Ihnen helfen?«

Er hielt verdrossen inne. »Ich bitte darum! Das Ding wird mir zu warm.«

Ich tat ihm den Gefallen und setzte mich zu ihm auf

den Teppich. »Frau Kuckelkorn kommt in einer halben Stunde. Was meinen Sie? Unter welchem Vorwand könnte ich etwas über ihre Chorfreundin erfahren, ohne dass sie misstrauisch wird?«

Herr Kasimir schwieg. »Gute Frage«, sagte er schließlich.

Ich hob die Augenbrauen. »Und? Haben Sie auch eine gute Antwort?«

»Vielleicht«, erwiderte er zögernd.

Ich sah ihn fragend an.

»Obwohl mein lausiger Körper ansonsten völlig ungeeignet für die Polizeiarbeit ist, hat er doch einen großen Vorteil ….«

»Und der wäre?« Ich verstand zuerst echt nicht, worauf er hinauswollte.

»Denk nach!« Herr Kasimir wurde ungeduldig. »Ich bin gewissermaßen der kleinste Undercover-Spion der Welt.«

Mir ging ein Licht auf. »Sie wollen, dass ich Sie ins Büro schmuggle?«

»Was spricht dagegen?« Er trippelte nervös. »Aber viel Zeit haben wir nicht mehr. Es ist gleich neun.«

Eine Angestellte zu belauschen, widerstrebte mir zwar, andererseits war es eine verlockend einfache Methode, mehr zu erfahren.

Also brachte ich Herrn Kasimir in Frau Kuckelkorns

Büro. Viele Versteckmöglichkeiten gibt es dort nicht, da sie pedantisch Ordnung hält. Wir entschieden uns schließlich für eine Ecke der Heizungsnische, die von einem bodenlangen Vorhangschal verdeckt wurde.

Ich überließ ihn seinem Schicksal und ging mit Marlowe Gassi. Als ich zurückkam, stand Frau Kuckelkorns Fiat schon auf dem Parkplatz. Hoffentlich ließ Frau Knappmann nicht zu lange auf sich warten. Von meinem Zimmer aus spähte ich auf die Straße. Und tatsächlich! Viertel vor zehn steuerte eine rothaarige Frau auf unser Haus zu. Ich musste zweimal hinsehen, fast hätte ich sie nicht erkannt. Frau Knappmann schien direkt vom Friseur zu kommen. – Mann, die wollte ihr altes Leben ja radikal hinter sich lassen! Aber warum? Ich hoffte, von Herrn Kasimir bald mehr zu erfahren.

Eine Dreiviertelstunde später klingelte das Telefon. Kurz darauf rauschte Mum in mein Zimmer. »Wo ist Bully?«

»Äh …«, stotterte ich ahnungsvoll. »Äh, ich such ihn schon den ganzen Vormittag!«

»Du findest ihn in Frau Kuckelkorns Büro«, fuhr Mum mich an. »Schlepp das arme Tier nicht dauernd mit dir rum! Frau Kuckelkorn und ihre Klientin hat fast der Schlag getroffen, als sie ihn entdeckt haben. Sie haben ihn nämlich zuerst für eine Maus gehalten. Peinlich! – Wie kommt er bloß nach unten in die Büros?

Ich zuckte mit den Schultern und rannte, ohne die brenzlige Frage zu beantworten, die Treppen runter. Frau Kuckelkorn deutete wortlos zur Heizung, als ich das Zimmer betrat.

»Entschuldigung«, murmelte ich. »Er hat sich selbstständig gemacht.«

Ich ging in die Hocke und nahm Herrn Kasimir hoch.

»Du musst besser auf dein Meerschweinchen aufpassen«, sagte Frau Kuckelkorn. »Wenn es nicht geniest hätte, hätte ich es womöglich über Nacht eingeschlossen. Am Ende wäre es vielleicht noch verhungert oder verdurstet. – Es scheint übrigens erkältet zu sein.«

Frau Knappmann musterte Herrn Kasimir. Irgendwie passte der auffällige Rotton ihrer Haare überhaupt nicht zu dem abgehärmten Gesicht, das jetzt, angesichts des kleinen Tiers auf meiner Schulter, fast etwas Weiches zeigte. »Was für eine ausgefallene Art ist das denn?«

»Ein Schopfmeerschweinchen«, sagte ich.

»Mein Sohn hatte auch mal Meerschweinchen, ein braunes und ein geflecktes. Aber dann …« Sie stockte. Ihre Miene versteinerte.

Ich sah sie fragend an.

Sie schüttelte den Kopf. »Ich will nicht darüber sprechen …«

Also hakte ich auch nicht nach, sondern verabschiedete mich. Ich hatte die Tür kaum hinter mir geschlossen, als ich Frau Knappmann noch sagen hörte: »Ein merkwürdiges Mädchen …«

Frau Kuckelkorns Antwort entging mir, aber es war kein Wunder, dass mich die Frau für merkwürdig hielt. Erst die Nummer mit dem Billig-Kuli und jetzt das. Hoffentlich wurde sie nicht misstrauisch.

»Sie sind ja ein schöner Spion«, sagte ich zu Herrn Kasimir, als wir zurück in meinem Zimmer waren.

Seine Kulleraugen blitzten wütend. »Spar dir das! Du kannst mir glauben, ich hab mit aller Kraft gegen das Niesen angekämpft. Irgendwann ging's einfach nicht mehr. Ich könnte mir in den Hintern beißen.«

Ich grinste. »Nur zu!«

Okay, das war wenig mitfühlend, aber irgendwie genoss ich es auch, dass Kommissar Unfehlbar aufgeflogen war.

»Werd bloß nicht unverschämt!«, raunzte er mich an.

Ich biss mir auf die Lippen. »Und – hat die ganze Aktion wenigstens was gebracht?«

»Das erfährst du gleich.« Seine Stimme klang gereizt. »Vorher gibst du mir noch mal von den Tropfen. Und wisch mir die Nase ab!« Er ließ den Kopf hängen. »Du hast ja keine Ahnung, wie zuwider es mir ist, so völlig von dir abhängig zu sein.«

Ich erfüllte seine Wünsche kommentarlos und nahm mir vor, ihn nicht mehr auf die Niespanne anzusprechen. Zumal ich zugeben muss, dass er seine Sache ansonsten gut gemacht hatte. Sein Erinnerungsprotokoll des Gesprächs war erstaunlich detailliert und aufschlussreich.

Die beiden Frauen duzten sich, offensichtlich kannten sie sich also gut. Auch bestand kein Zweifel, dass Frau Knappmann bei der Chorprobe gewesen war. Sie hatte für den Todeszeitpunkt also ein Alibi. Die Probe hatte um halb fünf begonnen und mit dem nachfolgenden Pizzaessen war sie aus dem Schneider. Allerdings gab uns das Gespräch zwischen den beiden Frauen auch Einblick in die zerrüttete Familiensituation der Knappmanns.

Frau Knappmann lehnte alle Beileidsbekundigungen von Frau Kuckelkorn brüsk ab. Sinngemäß entwickelte sich dann folgendes Gespräch:

Knappmann: »Hör auf, Marion! Du weißt, wie ich ihn gehasst habe.«

Kuckelkorn: »Ja, ich weiß. Du hattest auch allen Grund. Ich hab nie verstanden, dass du dich nicht hast scheiden lassen.«

Knappmann: »Und dann? Ich hätte mein Leben lang für ihn blechen müssen.«

Kuckelkorn: »Trotzdem, Rita. Alle wussten, dass er

dich geschlagen hat. Wie oft bist du mit blauen Flecken zur Probe gekommen! Keiner hat dir mehr geglaubt, dass du dich bloß gestoßen hast.«

Knappmann: »Was viel mehr wehgetan hat, ist, was Richard Patrick angetan hat. Er hat ihn nie wie einen Sohn behandelt. Er hat in ihm immer nur einen Störenfried gesehen, der ihm meine Aufmerksamkeit entzieht.«

Kuckelkorn: »Wie alt war Patrick, als du Richard geheiratet hast?«

Knappmann: »Sieben, er war in der ersten Klasse. Vor der Ehe war Richard nett und umgänglich. Nach der Hochzeit änderte sich das schnell, als ich dahinterkam, dass er spielte, und plötzlich Geld von meinem Konto verschwand. Ich stellte ihn natürlich zur Rede. Das war das erste Mal, dass er mich schlug. Patrick bekam das mit. Damals fing er mit Bettnässen an.«

Kuckelkorn: »Du hättest dem Kind zuliebe gehen müssen.«

Knappmann: »Wollte ich auch – nicht nur einmal. Aber dann wurde Richard arbeitslos, weil er in seiner Firma Geld veruntreut hatte. Er wusste, dass er jetzt von mir abhängig war, und hat sich eine Weile zusammengerissen. Sogar den netten Stiefvater gespielt und dem Jungen zwei Meerschweinchen gekauft.«

Kuckelkorn: »Und du hast wieder gehofft …«

Knappmann: »Bis eines Tages der Gerichtsvollzieher vor der Tür stand. Der gute Richard hatte sich mit Trinken und Zocken in der Spielhalle unterhalten, während ich mich in meinem Job abgerackert hab. Damit hat er uns erst richtig in die Miesen gebracht. Da war es zu spät zu gehen, seine Schulden wären an mir hängen geblieben. – Du siehst, Marion, kein Grund für Beileid! Du kannst mir gratulieren. Jetzt bezahlt die Lebensversicherung. Zum Glück konnte er die nicht zu Geld machen – es war nämlich eine Risikolebensversicherung. Endlich kann ich die Schulden bezahlen und die Wohnung renovieren. Und für eine Kreuzfahrt reicht es auch noch.«

Etwa an dieser Stelle unterbrach ich Herrn Kasimir. »Okay, das passt zu dem Eindruck, den ich von der Familie hatte. Dann ist Patrick also gar nicht der leibliche Sohn von Herrn Knappmann.«

»Sieht so aus«, sagte Herr Kasimir. »Nicht nur das macht ihn zum Hauptverdächtigen. Allerdings muss man auch in Erwägung ziehen, dass Mutter und Sohn den Mord – wenn es denn einer war – sogar gemeinsam geplant haben könnten. Ein starkes Motiv hatten sie jedenfalls.«

Ich fühlte, wie sich mein Mitleid für den Toten in dem abgetragenen Trainingsanzug, der in unserem Keller auf seine Beerdigung wartete, verflüchtigte.

»Er muss wirklich ein fieser Typ gewesen sein«, sagte ich nachdenklich.

»Zweifelsohne«, gab Herr Kasimir zurück. »Aber wir kennen seine Geschichte nicht. Solche Typen haben meist selbst eine lausige Kindheit hinter sich.«

Ich schüttelte entschieden den Kopf. »Das rechtfertigt nicht das Verhalten seiner Familie gegenüber.«

»Das stimmt«, antwortete Herr Kasimir. »Aber nichts rechtfertigt einen Mord!«

Ich schluckte. »Wenn es überhaupt einer war.«

Herr Kasimir sah mich prüfend an. »Höre ich da Sympathie für Frau Knappmann und ihren Sohn heraus? Merk dir eins: Sympathisiere niemals mit einem potenziellen Täter! Das ist absolut unprofessionell!«

Ich wechselte rasch das Thema. »Wissen Sie, was Frau Knappmann für eine Beerdigung gewählt hat?«

»Tut mir leid«, antwortete Herr Kasimir. »Ehe sie darüber sprechen konnten, musste ich niesen.«

»Halb so wild«, sagte ich. »Sie haben Ihre Sache trotzdem super gemacht.«

»Danke.« Seine Stimme klang mal wieder zynisch. Es war ihm nicht entgangen, dass mein Lob die freche Bemerkung von vorhin wettmachen sollte.

Ich räusperte mich. »Ich geh nachher runter und entschuldige mich noch mal bei Frau Kuckelkorn. Das ist ein guter Aufhänger, vielleicht erfahr ich ja noch was.«

Ich wartete bis kurz vor Mittag, um sicherzugehen, dass Frau Knappmann weg war.

Frau Kuckelkorn hob den Kopf, als ich das Zimmer betrat.

»Äh«, begann ich. »Die Meerschweinchen-Sache tut mir echt leid.«

Frau Kuckelkorn lächelte. »Nicht so schlimm, Valentine. Frau Knappmanns Sohn hatte auch mal Meerschweinchen. Aber …« Ihr Gesicht verfinsterte sich.

»Was?«, hakte ich nach.

Frau Kuckelkorn seufzte. »Es ist kaum vorstellbar, aber ihr Mann hat sie angeblich im Vollrausch aus dem Fenster geworfen. Der Knappmann konnte unheimlich aggressiv werden. Ich hab ihn nie persönlich kennengelernt. Aber ihre beste Freundin – sie singt auch im Chor – hat uns unter vorgehaltener Hand so einige Schauergeschichten erzählt. Dass es kein Klatsch war, sah man an Ritas blauen Flecken. Uns anderen gegenüber hat sich Rita kaum geöffnet.« Frau Kuckelkorn legte eine nachdenkliche Pause ein. »Heute hat Rita zum ersten Mal auch mir gegenüber von ihrer schrecklichen Ehe erzählt.« Sie wies auf die Formulare, die vor ihr auf dem Tisch lagen. »Kein Wunder, dass sie eine anonyme Bestattung will. Nicht mal eine Traueranzeige schaltet sie.«

Ich nickte. »Verständlich.«

Frau Kuckelkorn gab sich einen Ruck. »Aber warum erzähl ich dir das eigentlich?« Sie lächelte schief. »Na ja, irgendwie geht mir das alles sehr nah. Hoffentlich fängt für Rita jetzt ein neues Leben an. Ihrer neuen Haarfarbe nach zu urteilen, scheint sie wild dazu entschlossen zu sein.«

Ja, diesen Eindruck hatte ich auch.

Als ich Herrn Kasimir von dem traurigen Ende von Patricks Meerschweinchen berichtete, wirkte sogar er betroffen.

Ich hatte noch immer einen Kloß im Hals. »Vielleicht irren wir uns ja, und Knappmann ist doch eines natürlichen Todes gestorben. Warum lassen wir die Sache nicht einfach auf sich beruhen?«

Herr Kasimir richtete sich empört auf. »Einem Anfangsverdacht wird so lange nachgegangen, bis man ihn ausschließen kann.«

Ich seufzte. »Und wie soll es jetzt weitergehen?«

»Ich will den Toten noch mal sehen«, sagte Herr Kasimir.

Ich schüttelte entschlossen den Kopf. »Das können Sie knicken! Was sag ich, wenn mich Olaf im Kühlraum erwischt?«

»Reg dich ab, ich hab die Fotos gemeint!«, entgegnete Herr Kasimir.

Mir fiel ein Stein vom Herzen. Ich schaltete also den PC ein und rief die Fotos auf.

»Zoom mal den Kopf näher ran!«, wies mich Herr Kasimir an.

Gemeinsam starrten wir auf den Bildschirm. Das rote Gesicht des Toten, das zunächst noch mein Mitgefühl erregt hatte, erschien mir plötzlich total unsympathisch. Nach all dem, was ich jetzt wusste, hatte dieser Mann weder die Trauer seiner Familie noch mein Mitleid verdient. Andererseits hatte Herr Kasimir sicher recht. Ich musste versuchen, neutral zu bleiben.

»Kannst du mal die Bildschärfe hochregeln?«, unterbrach Herr Kasimir meinen Gedankenfluss.

Ich nickte und klickte.

Herr Kasimir stellte sich auf die Hinterbeine und pfiff.

Ich sah ihn erstaunt an. »Was ist?«

»Schau dir mal die Augenlider an! Siehst du diese Pünktchen? Das sind kleine Einblutungen. So etwas hab ich schon ein paarmal gesehen. Meistens bei Opfern, die erstickt sind«, sagte er aufgeregt.

Ich schob den Oberkörper vor und rückte die Brille gerade. – Leider bin ich kurzsichtig wie ein Maulwurf. – Nun sah ich die Pünktchen auch. »Kann so was nicht auch andere Ursachen haben?«

»Möglich«, antwortete er. »Ich bin Kriminaloberkommissar und kein Rechtsmediziner.«

Ich lehnte mich nachdenklich zurück. »Mein Bruder wüsste das wahrscheinlich.«

Herr Kasimir sah zu mir hoch. »Dann ruf ihn an!«

Ich stöhnte auf. »Mann, und was soll ich ihm sagen?«

»Du bist doch sonst nicht auf den Mund gefallen.« Seine Stimme klang ungeduldig.

Ich hatte also die Wahl, bei Felix mal wieder die durchgeknallte kleine Schwester zu geben oder den ganzen Tag einen nörgelnden Kriminaloberkommissar auszuhalten.

Zögernd griff ich zu meinem Handy. Es läutete ein paarmal, ich wollte schon auflegen, als Felix doch noch dranging.

»Wasch isch, Schweschterschen«, meldete er sich. Es stellte sich heraus, dass ich ihn in der Mensa erwischt hatte.

»Ich hab mal eine Frage«, fing ich an. »Aber ich kann auch noch mal anrufen, wenn du gegessen hast.«

»Kein Problem«, sagte Felix, »hab schon runtergeschluckt. Also wo brennt's?«

»Es geht um den Toten, den wir am Freitag abgeholt haben. Er hat so kleine Pünktchen an den Augenlidern. Was bedeuten die?«

Pause. »Warum willst du das wissen?«

»Weil äh …, ich meine …«, stammelte ich.

Seine Antwort kam nicht unerwartet. »Valentine, du hast zugegebenermaßen den Mord an dem Kommissar damals aufgeklärt. Aber das ist kein Grund, bei jedem Kunden ein Verbrechen zu wittern.«

Mist, dachte ich, das Gespräch entwickelt sich genau, wie ich es befürchtet habe. Felix sprach mit mir in diesem überheblichen Großer-Bruder-Ton, der mich blitzartig auf die Palme bringt.

»Vergiss es!« Damit tastete ich schon nach dem Ausschaltknopf, als aus dem Lautsprecher kam: »Wart mal! Bist du jetzt beleidigt?«

»Idiot«, zischte ich ins Telefon.

Im Hintergrund hörte ich Stimmen.

»Meine Schwester«, hörte ich Felix sagen. Offenbar galt das seinen Freunden. Ich konnte mir seinen Gesichtsausdruck bildhaft vorstellen.

»Bist du noch dran, Valentine?«, erkundigte er sich dann.

Ich schäumte.

»Bitte steiger dich nicht in einen neuen Mordverdacht!«, raunte er, wohl, damit die anderen nicht mithören konnten. »Aber um deine Frage zu beantworten: Solche Pünktchen nennt man Petechien. Ich muss zugeben, dass sie mich auch stutzig gemacht haben, als ich mir den Knappmann genauer angesehen hab. Sie könnten ein Hinweis auf Ersticken sein. *Könnten* heißt: Kann sein, muss aber nicht. Es gibt auch etliche andere Ursachen für petechiale Blutungen.«

»Ich steiger mich in gar nichts rein«, fauchte ich. »Die Frau und der Sohn haben sich derart merkwürdig benommen, dass ich misstrauisch geworden bin. Ich will bloß sichergehen, dass ein Mann, der von uns beerdigt wird, auch wirklich eines natürlichen Todes gestorben ist. Du weißt genau, auf den Totenschein ist nicht immer Verlass.«

Felix schwieg für einen Moment. »Hat da dein geheimnisvoller Herr Kasimir wieder die Hände …«, er stockte, »… die Pfoten im Spiel? Findest du nicht, dass das für ein Mädchen in deinem Alter irgendwie …?«

»Verdammt!«, brüllte ich ins Telefon. »Sag doch gleich, dass du mich für gestört hältst!« Damit legte ich auf.

5. KAPITEL

Das Telefonat mit Felix hatte mich zwar super genervt, aber dafür wussten wir jetzt, dass ihm die Pünktchen auch aufgefallen waren und dass sie einen Namen hatten: *Petechien*.

Also gab ich als Nächstes *Petechien* und *Ersticken* in die Suchmaschine ein. Die Anfrage ergab fast 6000 Einträge, was schon auf einen Zusammenhang hindeutete.

Nachdem wir die ersten durchstöbert hatten, sagte Herr Kasimir: »Diese Petechien sind auf jeden Fall ein Indiz. – Auch wenn es dir nicht passt, die Fotos helfen uns jetzt nicht mehr weiter. Wir werden uns den Toten doch noch mal ansehen müssen. Wenn er erstickt wurde, hat es einen Kampf gegeben. Vielleicht finden wir blaue Flecken oder andere Spuren. Und am Hals müsste man eigentlich Würgemale oder die Zeichen einer Strangulation sehen.«

Ich schüttelte den Kopf. »Olaf und Herr Hahn sind

heute den ganzen Tag über im Keller unten. Wir haben drei Neuzugänge.«

»Dann erledigen wir das eben heute Nacht«, sagte Herr Kasimir entschieden. »Wenn er erst mal unter der Erde ist, ist es zu spät.«

Das stimmte natürlich. Ich nahm mir vor, Dad nach dem Beerdigungstermin zu fragen.

Gelegenheit dazu hatte ich beim Abendessen, weil Dad von selbst anfing, über die Knappmanns zu sprechen. Der Fall schien ihn zu beschäftigen.

»Ich hab ja schon viel erlebt«, sagte er. »Sparen wollen alle. Aber diese Frau würde ihren toten Gatten wohl am liebsten in einem Müllsack verbuddeln lassen. Frau Kuckelkorn hat ihr unser billigstes Paket angeboten, und selbst da hat sie noch herumgefeilscht.«

Ich nickte. »Na ja, die Ehe muss sehr schlecht gewesen sein.«

»Das mag ja sein«, erwiderte Dad, hörbar verärgert. »Aber wir sind ein Unternehmen und nicht die Caritas. – Stell dir mal vor, nicht mal eine Tunika wollte sie bezahlen! Sollen wir den Mann nackt begraben? In seinem ollen Polyesteranzug dürfen wir ihn jedenfalls nicht bestatten.«

Mum sah Dad entsetzt an. »Nackt? Das geht doch nicht!«

Dad seufzte. »Natürlich geht das nicht! Ich hab Olaf

gesagt, er soll ihm eine einfache Tunika anziehen. – Die geht aufs Haus.«

Ich schluckte. »Frau Knappmann muss ihren verstorbenen Ehemann ja geradezu gehasst haben. Wo soll er eigentlich bestattet werden?«

»Auf dem Nordfriedhof«, antwortete Dad. »Da er nicht kremiert wird, blieb nur der Nordfriedhof, die lassen noch anonyme Ganzkörperbestattungen zu. Olaf und Herr Hahn bringen ihn morgen früh hin. Ohne Trauerfeier, einfach nur verscharren.« Er zuckte mit den Schultern. »Leute gibt's …«

Damit stand fest, dass wir uns den Toten noch in dieser Nacht ansehen mussten. Nach unserem abendlichen Gassigang mit Marlowe sahen Herr Kasimir und ich so lange fern, bis ich sicher sein konnte, dass meine Eltern im Bett waren. Gegen Mitternacht steckte ich mein Handy ein, setzte Herrn Kasimir auf die Schulter und schlich die Treppen hinunter.

Ich weiß, dass es für die meisten Leute unvorstellbar gruselig ist, mitten in der Nacht, noch dazu zur Geisterstunde, einen Raum zu betreten, in dem drei Tote liegen. Das war für mich definitiv nicht das Problem. Mein Problem war praktischer Art. Wie ich schon befürchtet hatte, lag Knappmann fix und fertig für die Bestattung im bereits geschlossenen Sarg.

»Scheiße«, stieß ich aus, nachdem ich das Licht im Kühlraum eingeschaltet hatte. »Wie soll ich bloß den schweren Deckel runterkriegen?«

»Streng dich an, Mädchen!«, sagte Herr Kasimir. »Du kriegst das schon hin.«

Seufzend pflückte ich ihn von der Schulter und setzte ihn auf den Rand eines noch offenen Eichensargs der oberen Preisklasse, in dem eine wohlhabende Kundin in einer teuren Satinausstattung lag. Na, wenigstens hatte Dad diese Woche auch ein Begräbnis erster Klasse.

Während Herr Kasimir mich nicht aus den Augen ließ, machte ich mich an die Flügelschrauben des Sargdeckels. Allein das kostete mich schon so viel Kraft, dass ich trotz der niedrigen Temperaturen ins Schwitzen geriet. Olaf hatte sie wirklich für die Ewigkeit zugedreht.

Herr Kasimir hustete. »Geht das nicht schneller? Ich hol mir in dieser Kälte noch den Tod.«

Ich rieb mir die schmerzenden Finger. »Dann sind Sie hier ja in guter Gesellschaft.«

Er schwieg beleidigt. Es dauerte fast eine Viertelstunde, bis ich den Deckel losgeschraubt hatte. Nun kam die eigentliche Herausforderung. Obwohl es nur ein billiger Weichholzsarg war, gelang es mir kaum, den Deckel auch nur für einen Spalt anzuheben.

Ich rieb mir die Schultern. »Scheiße! Ich schaff das nicht!«

»Du hast nicht die geringste Körperspannung!«, meldete sich Herr Kasimir wieder. »Du würdest beim Eignungscheck für den Polizeidienst glatt durchfallen.«

Ich straffte mich. »Wenn ICH im Körper eines Kleinnagers stecken würde, würde ich den Mund nicht so voll nehmen!« Damit stemmte ich den Deckel endlich doch noch hoch.

»Na also!«, bemerkte er ungerührt.

Da ich mich nicht traute, das schwere Teil ganz herunterzuheben, schob ich den Deckel nur so weit zurück, dass man an Knappmanns Oberkörper herankam. Ich wollte Herrn Kasimir gerade dazuholen, als er heftig nieste, den Halt verlor und auf der mit einem Laken abgedeckten Toten nebenan landete. Ein enervierter Pfiff kam aus dem Eichensarg.

Ich musste unwillkürlich lachen.

»Hol mich sofort hier raus!«, fauchte er, während er schon versuchte, an der Sargwand hochzuklettern, wobei er die teure Satinverkleidung verkratzte.

»Mann, passen Sie doch auf!« Damit angelte ich ihn heraus und setzte ihn grinsend auf die Schulter. »So viel zum Thema Körperspannung.«

Seine Barthaare zitterten vor Wut. »Es ist unfein, auf den unverschuldeten Schwächen anderer herumzuhacken.«

Ich runzelte die Stirn. »Ach? Und was machen Sie?«

»Ich sagte *unverschuldet*!«, gab Herr Kasimir zurück. »Ich hab es mir nicht ausgesucht, im Körper eines Meerschweinchens zu leben. Aber du bist zu faul, Sport zu machen! Es ist wichtig, in Form zu sein, wenn man Polizeiarbeit machen will. Aber das hab ich dir ja schon x-mal gesagt.«

Das Thema Sport ist einer meiner wunden Punkte, ich hatte keine Lust, es weiter zu vertiefen, zumal ich unseren Aufenthalt im Kühlraum nicht unnötig in die Länge ziehen wollte.

Ich holte ein Paar Gummihandschuhe vom Regal und streifte sie über. »Wenden wir uns lieber der Polizeiarbeit zu.«

Wie Dad gesagt hatte, hatte Olaf Knappmann eine Tunika angezogen. Früher hießen diese weißen Gewänder, die hinten offen sind wie Krankenhauskittel, übrigens Totenhemd. Aber ich finde ja, dass Tunika die bessere Bezeichnung ist.

Im kalten Licht des Kühlraums wirkte Knappmanns Gesicht fahl, was auch daran lag, dass er schon drei Tage tot war. Dadurch waren die dunklen Einblutungen an den Augenlidern noch deutlicher zu erkennen. Ich hatte ja schon viele Tote vor mir, aber ich erinnerte mich nicht, so etwas schon mal gesehen zu haben.

»Zeig mir seinen Hals«, ordnete Herr Kasimir an.

Ich zog den Kragen der Tunika etwas herunter. Gespannt starrten wir auf den faltigen Hals des Toten, aber nichts deutete auf Gewalteinwirkung hin. Keine Würgemale, keine Zeichen von Strangulation.

»Hm«, sagte Herr Kasimir. »Soweit ich sehen kann, sind auch die Hände unauffällig. Allerdings sind meine Kenntnisse in Pathologie nur sehr begrenzt.«

Ich deutete auf die rechte Hand. Zeige- und Mittelfinger waren knallgelb vom Nikotin. »Ekelhaft! Raucherfinger! Aber sonst kommt mir auch nichts komisch vor.«

Herr Kasimir ignorierte meinen Seitenhieb auf sein Laster. »Die Arme!«, wies er mich an.

Wunschgemäß schob ich die Ärmel der Tunika nach oben. »Aber das hier finde ich komisch«, sagte Herr Kasimir. »Siehst du die Druckstellen rechts und links unterhalb der Armbeugen?«

Ich nickte. »Könnten das nicht Totenflecken sein?«

»Als Tochter eines Bestatters solltest du wissen, dass das an diesen Stellen ganz unmöglich ist«, hielt er dagegen.

Ich biss mir auf die Lippen. Natürlich hatte er recht. Totenflecken fand man bei Toten, die, so wie Herr Knappmann, in Rückenlage gestorben und auch so gelagert wurden, nur auf dem Rücken. Das kommt daher, dass das Blut der Schwerkraft folgt und zum tiefsten Punkt hin absackt.

Ich starrte auf die handtellergroßen grünblauen Flecken an Knappmanns Unterarmen. »Was denken Sie, was das dann ist?«

Herr Kasimir wirkte erregt. »Blaue Flecken. Gewalteinwirkung, würde ich sagen – als hätte ihn jemand festgehalten.«

»Aber wie kann man jemanden festhalten und gleichzeitig erwürgen – abgesehen davon, dass am Hals nichts zu sehen ist?«, wandte ich ein.

Herr Kasimir dachte kurz nach. »Wenn man zu zweit ist zum Beispiel.«

»Zu zweit?«, sagte ich zweifelnd. »Die Frau hat ein bombensicheres Alibi. Aber der Sohn macht Bodybuilding, der hat Muckis.«

»Aber nicht vier Arme«, entgegnete Herr Kasimir abwesend. »Warte mal ...«

Ich sah ihn an. »Was denken Sie?«

Herr Kasimir trippelte unruhig auf meiner Schulter herum. »Könnte es nicht sein, dass Knappmann mit einem Kissen erstickt worden ist?«

»Kissen«, wiederholte ich. »Aber dann muss der Mörder verdammt stark gewesen sein. Keiner lässt sich widerstandslos ersticken, und wenn er noch so betrunken ist. Knappmann ist zwar kein Riese, aber ich stelle es mir nicht leicht vor, einem erwachsenen Mann lang genug ein Kissen aufs Gesicht zu drücken.«

»Betrunken ...«, hörte ich Herrn Kasimirs nachdenkliche Stimme.

»Getrunken hatte er«, sagte ich. »Die Flasche auf dem Tisch war fast leer.«

»I-i-ich ...« Ich erfuhr nicht mehr, was er sagen wollte, weil ihn ein heftiges Niesen unterbrach.

Ich wischte mir angewidert das Ohr ab. »Verdammt, niesen Sie mich nicht an!«

»Entschuldigung.« Herr Kasimir klang verlegen. »Aber ich bin wohl noch nicht ganz über den Berg.«

Ich nickte. »Sie haben recht. Es ist definitiv zu kalt hier.« Damit begann ich, den Deckel wieder zuzuschieben.

»Halt«, rief Herr Kasimir. »Ich will noch seine Zunge sehen!«

Ich erstarrte. »Sind Sie verrückt? Das mach ich auf gar keinen Fall!«

Meine vehemente Weigerung muss so überzeugend rübergekommen sein, dass er einlenkte. »Gut, dann fotografier wenigstens noch mal den Kopf in Nahaufnahme, und ebenso die Druckstellen an den Unterarmen! Morgen um diese Zeit liegt er bereits zwei Meter unter der Erde.«

Ich atmete auf. Ich meine, irgendwo ist selbst bei mir die Ekelgrenze erreicht. Aufgrund der relativ kurzen Liegezeit und der Kühlung, roch Knappmann noch nicht – oder sagen wir, nicht viel mehr als ein ungepflegter nikotinabhängiger Trunkenbold, der im Bus neben dir sitzt. Aber ihm im Mund herumfingern? – Nein danke!

Ich knipste also die gewünschten Fotos und schob den Sarg wieder zu. Während ich die Flügelschrauben festdrehte, nieste Herr Kasimir noch einige Male, drehte aber anständigerweise den Kopf weg.

Ich fröstelte inzwischen selbst und war heilfroh, als ich kurz darauf wieder in mein Zimmer kam. Marlowe begrüßte uns mit einem müden, aber freundlichen Schwanzklopfen.

Nach einer Katzenwäsche im Bad schlüpfte ich endlich ins Bett. Ein Blick auf die Uhr ließ mich aufstöhnen. Es war gleich halb zwei! Ich dachte daran, dass Marlowe schon in wenigen Stunden rausmusste. – Meine Eltern gehen zwar ab und zu mit ihm, aber nicht regelmäßig. Mum wollte nie einen Hund, und schon gar nicht so einen großen hässlichen wie Marlowe. Sie willigte damals nur ein, weil es angeblich gut für junge Menschen ist, die Verantwortung für ein Haustier zu übernehmen. – Aber ich schweife schon wieder ab.

Ich hatte gerade das Licht ausgeknipst, als sich mein anderes *Haustier* erneut mit einem Niesen meldete, und mir leidvoll vor Augen führte, was es heißt, Verantwortung zu tragen.

»Gesundheit«, murmelte ich, und rollte mich zur anderen Seite.

»Mir ist kalt.« Herrn Kasimirs Stimme klang knatschig. »Ich habe einen Rückfall.«

»Scheiße« brummelnd machte ich das Licht wieder an. Ächzend kletterte ich aus dem Bett und holte ihn aus dem Käfig. Dann zog ich ihm den Socken über und setzte ihn wieder zu Marlowe, der verwundert den Kopf hob.

»Halt ihn schön warm!«, sagte ich zu ihm und ging wieder ins Bett.

Herr Kasimir schmiegte sich an den weichen Bauch des großen Hundes. »Die Wärme tut gut«, sagte er. »Aber gib mir besser noch mal die Tropfen!«

»Och nöööö ...« Also wieder aus dem Bett, Tropfen geben, zurück ins Bett. Es war inzwischen Viertel nach zwei geworden. »Jetzt kann ich gleich aufbleiben«, sagte ich, während ich die Nachttischlampe ausschaltete.

»Ich kann sowieso nicht schlafen, meine Nase ist verstopft«, jammerte Herr Kasimir. »Jetzt haben wir den Salat! Du hättest mir den Mantel anziehen müssen, ehe wir in den Kühlraum sind. Mama hätte bestimmt daran gedacht.«

»Verdammt, ich bin aber nicht Ihre Mama«, fauchte ich. »Und MEINE Nase ist NICHT verstopft. Lassen Sie mich wenigstens noch ein paar Stündchen pennen.«

»Wie du willst.« Er klang beleidigt. »Dann möchtest

du wohl auch nicht hören, was mir schon die ganze Zeit durch den Kopf geht.«

»Nein!« Ich wickelte mich in die Decke.

Herr Kasimir nieste in die Dunkelheit, dann schwieg er. Aber er hatte es geschafft: Ich war hellwach, seine Andeutung ließ mir keine Ruhe. »Okay, was wollen Sie denn unbedingt noch loswerden?«

»Ich will keinen am Schlafen hindern«, gab Herr Kasimir zurück.

Ich starrte in die Finsternis. »Schießen Sie los!«

»Also gut«, sagte Herr Kasimir. »Als wir vorhin im Keller waren, dachte ich plötzlich an einen Fall, bei dem das Opfer auch solche Einblutungen an den Augenlidern hatte. Eine alte Frau, die mit einem Kissen erstickt worden war.«

Ich horchte auf. »Deshalb kamen Sie also auf die Kissen-Theorie.«

Herr Kasimir nieste so heftig, dass ich zusammenzuckte.

»Gesundheit«, sagte ich. »Das würde jedenfalls erklären, warum keine Spuren von Strangulation oder Erwürgen zu sehen waren.«

Herr Kasimir schniefte. »Richtig. Ein schöner Anblick war es trotzdem nicht. Der Mund der Frau war geöffnet – ihre Zunge war blau, als hätte sie Heidelbeeren gegessen.«

Jetzt verstand ich, warum er Knappmanns Zunge hatte sehen wollen. »Wer erstickt denn eine alte Frau?«, fragte ich entsetzt.

»Es gibt alles«, antwortete Herr Kasimir. »Homo homini lupus. Der Mensch ist dem Menschen ein Wolf – damit muss man sich leider abfinden. Damals ging es wie so oft ums Erbe. – In diesem Fall war es der Schwiegersohn.«

»Ach du Schande!« Ich schluckte. »Und wie kam das raus?«

»Der älteste Sohn fand seine Mutter tot in ihrer Wohnung und wurde misstrauisch, weil die alte Dame erst vor Kurzem eine heftige Auseinandersetzung mit ihrem Schwiegersohn gehabt hatte. Also holte er die Polizei. Bei der Obduktion stellte sich heraus, dass sie mit einem Schlafmittel betäubt und dann erstickt worden war.«

»Schlafmittel!«, wiederholte ich. »Mann, das wäre des Rätsels Lösung!«

»Du sagst es. Wenn Knappmann betäubt wurde, hatte der Täter leichtes Spiel«, ergänzte Herr Kasimir.

Ich schwieg. Okay, unser Verdacht schien sich immer mehr zu erhärten. Gleichzeitig misstraute ich dieser zunehmenden Gewissheit. Welche handfesten Beweise hatten wir denn schon? Verrannten wir uns diesmal in ein Hirngespinst?

Ich setzte mich auf. »Also, fassen wir noch mal zusammen: Indizien wären diese Blutpünktchen an den Augen und komische blaue Flecken an den Unterarmen. Selbst wenn wir überzeugt wären, dass Knappmann ermordet wurde, sehe ich keine Möglichkeit, die Bestattung morgen zu verhindern, um ihn vorher obduzieren zu lassen.«

»Da muss ich dir leider recht geben«, sagte Herr Kasimir. »Trotzdem sagt mir meine Spürnase, dass da was gewaltig stinkt. Zugegebenermaßen ist es ziemlich aussichtslos, die Sache aufzuklären. Aber gerade solche Fälle haben mich immer besonders gereizt.«

Ich schaltete das Licht ein. »Aber wie erklären Sie sich die blauen Flecken, wenn er doch betäubt war?«

»Wenn dir jemand ein Kissen auf Mund und Nase drückt, wehrst du dich, selbst wenn du noch so weggetreten bist. Das ist ein Reflex. Die Gegenwehr ist zwar schwach, weil der Muskeltonus gering ist. Aber wenn ich jemanden ersticken wollte, würde ich trotzdem Vorsorge treffen.«

Ich angelte nach meiner Brille. »Wie meinen Sie das?«

»Setz mich mal auf deinen Nachttisch!«, sagte Herr Kasimir. »Wir simulieren das Geschehen.«

Nun doch neugierig geworden, kletterte ich erneut aus dem Bett und verfrachtete ihn auf den Nachttisch. »Und jetzt?«

»Und jetzt nimmst du den großen Teddy da drüben

und erstickst ihn mit einem Kissen«, ordnete er an. Er lebte richtig auf, Herr Kasimir war jetzt ganz in seinem Element.

Kopfschüttelnd holte ich den Bären von seinem angestammten Platz. – Er ist übrigens der einzige Überlebende meiner Plüschtiersammlung, und das nur, weil ihn Dad auf der Kirmes für mich geschossen hat, worauf er noch heute stolz wie Bolle ist. Ich hab wenig mit Plüschtieren oder Puppen gespielt, und wenn, dann meistens Beerdigung. Der kleine Henry und ich – der kleine Henry war mein Fantasiefreund – haben Schuhschachteln mit Satinresten ausgekleidet und sehr würdevolle Begräbnisse im Vorgarten veranstaltet. Mum wunderte sich, wo das ganze Stofftierzeug hingekommen war, bis sie im Herbst Blumenzwiebeln steckte und auf meinen Plüschtierfriedhof stieß. Von da an haben sie mir nichts mehr geschenkt, was man beerdigen konnte.

Aber zurück zu jener Nacht. Ich schleppte also den riesigen Teddy zum Bett.

»Gut«, sagte Herr Kasimir, »leg ihn auf die Matratze und erstick ihn mit einem Kissen!«

Der Bär blieb unbeteiligt liegen, als ich ihm mein Kopfkissen mit beiden Armen auf den Kopf drückte.

Herr Kasimir sah mir aufmerksam zu. »Und jetzt stell dir vor, er wehrt sich, und fixiere seine Arme!«

Ich beugte mich über den Teddy, um mit meinem Oberkörper seine Arme festzuhalten, was aber nicht funktionierte, weil ich in dieser verrenkten Haltung keine Kraft mehr für den nötigen Druck auf das Kissen hatte.

Also kletterte ich spontan aufs Bett und kniete mich mit gegrätschten Beinen über mein Plüschopfer, das die Prozedur stoisch über sich ergehen ließ.

»Das ist es!«, sagte Herr Kasimir. »In dieser Haltung machen die Knie unweigerlich Abdrücke auf den Armen des Opfers. Die Teddyarme sind zu kurz, aber bei einem erwachsenen Mann würden genau unterhalb der Armbeugen Druckstellen entstehen.«

6. KAPITEL

Nach diesem Experiment gab es für Herrn Kasimir keine Zweifel mehr, dass Knappmann ermordet worden war. Mir hingegen drängte sich immer stärker die Frage auf, ob wir nicht doch Gespenster sahen. Vielleicht gab es ganz andere medizinische Gründe für die körperlichen Anzeichen, die wir an Knappmann gefunden hatten. Herr Kasimir deutete alles in Richtung Mord, ohne auch nur in Erwägung zu ziehen, dass wir uns täuschen könnten. Er genoss es ganz offensichtlich, einen neuen Fall zu haben. Nichts konnte ihn jetzt noch davon abhalten, die Sache weiterzuverfolgen. Auch wenn ich keinen Schimmer hatte, wie er das bewerkstelligen wollte.

Marlowe weckte mich erwartungsgemäß um sieben – ihm ist es leider völlig schnurz, wie viel ich geschlafen hab. – Nach nicht einmal vier Stunden Schlaf quälte ich mich genervt aus den Federn, setzte Herrn Kasimir in den Käfig, gab ihm seine Tropfen und brachte Marlowe noch im Schlafanzug in die Küche.

»Könnte heute ausnahmsweise einer von euch mit dem Hund gehen?«, sagte ich zu Mum, die gerade Kaffeepulver in die Maschine löffelte. »Ich hab sauschlecht geschlafen, Bully hat andauernd geniest.«

Mum hob die Augenbrauen, aber ich muss so hundemüde gewirkt haben, dass sie schließlich nickte. »Okay, ausnahmsweise. Leg dich wieder hin! Sei froh, dass du Ferien hast.«

Dankbar stiefelte ich in mein Zimmer zurück und haute mich wieder aufs Ohr.

Als ich die Augen wieder aufschlug, war es schon Mittag.

»Auch schon wach?«, begrüßte mich Herr Kasimir.

Ich gähnte. »Nicht wirklich.«

Herr Kasimir stand aufrecht an den Gitterstäben und spähte zum Bett hinüber. »Ich bin schon seit zwei Stunden wach, hellwach. Ich zermartere mir das Hirn, wie wir nun weiter vorgehen.«

Ich stöhnte auf. »Lassen Sie mich doch erst mal frühstücken!«

»Wenn's sein muss. Aber dann bring mir wenigstens ein Tässchen Espresso mit!«, sagte er fordernd.

Ich ignorierte seine Bitte und schlurfte ins Bad. Als

ich in die Küche kam, saßen meine Eltern schon beim Mittagessen.

»Ausgeschlafen?«, erkundigte sich Mum.

»Hm«, murmelte ich, holte mir einen Teller und setzte mich zu ihnen an den Tisch.

»Wie geht es deinem Bully?«, erkundigte sich Dad. »Deine Mutter sagt, er ist immer noch erkältet.«

Ich lud mir eine Ladung Nudeln auf. »Wieder besser, hoffe ich. Ich muss einfach dran denken, ihm Oma Engels Tropfen regelmäßig zu geben. – Die scheinen ihm wirklich zu helfen.«

Mum sah stirnrunzelnd auf die Portion, die ich mir genommen hatte. »Ich hab Hunger!«, sagte ich trotzig und wandte mich an Dad. »Ist der Knappmann heute beerdigt worden?«

Dad schob mir die Soße hin. »Olaf und Herr Hahn haben das erledigt. Traurige Sache. Kein einziger Angehöriger hat ihn auf seinem letzten Weg begleitet.«

»Nicht mal seine Frau?«, fragte Mum entsetzt.

Dad schüttelte den Kopf. »Weder Frau noch Sohn. Bei denen muss was total schiefgelaufen sein.«

Ich nickte. Das passte zu dem Bild, das ich von der Familie hatte.

»Übrigens, Valentine«, sagte Dad. »Könntest du mir einen Gefallen tun und heute Nachmittag zwei Mausefallen besorgen?«

Mum blieb der Bissen im Halse stecken. »Wieso, haben wir Mäuse?«

Dad zuckte mit den Schultern. »Ich kann mir das nicht vorstellen – ausgerechnet im Kühlraum. Aber Olaf behauptet, er hätte eigenartige Kratzspuren gefunden.«

»Wo denn?«, fragte Mum.

»In einem Sarg, er musste auf einer Seite die ganze Verkleidung auswechseln.«

Ich zuckte zusammen. »Wie kommt er darauf, dass es Mäuse waren?«

Dad lächelte schief. »Angeblich Kratzspuren von Krallen. Aber das kann weiß Gott was gewesen sein, wahrscheinlich ist das schon beim Drapieren passiert. Aber du kennst ja Olaf.«

Mum schüttelte sich. »Also ich versteh ihn. Wir stellen auf jeden Fall Mausefallen auf. Sicher ist sicher!« Sie stand auf. »Willst du auch eine Tasse Espresso?« Die Frage ging an meinen Vater.

»Kann ich heute auch einen haben? Ich bin noch immer völlig erschlagen«, sagte ich spontan.

»DU?« In Mums Augen blitzten Ausrufezeichen.

Aber mein Vater winkte ab. »In Cola ist auch Koffein drin. Valentine ist vierzehn, ein Tässchen Espresso wird sie nicht umbringen.«

Ich sah ihn dankbar an.

Es war also Dads Verdienst, dass ich kurz darauf mit einer Espressotasse in meinem Zimmer erschien.

»Das nenne ich eine gute Assistentin«, bemerkte Herr Kasimir, als er die rosa Meerschweinchenzunge in den Kaffee steckte. »Könnte stärker sein – trotzdem danke. Jetzt noch eine Zigarette und ich bin im Himmel.«

»Seien Sie froh, dass Sie NICHT im Himmel sind«, fuhr ich ihm über den Mund. »Das Letzte, was ihre verschleimten Bronchien jetzt brauchen, ist Qualm.«

Er schnaubte. »Hör auf, mich zu belehren!«

Ich zuckte mit den Schultern. »Und? Mit welchem Ergebnis haben Sie sich das Gehirn zermartert?«

Er legte eine nachdenkliche Pause ein. »Zwei Dinge müssen erledigt werden: Erstens, wir müssen das Alibi des Herrn Stiefsohn überprüfen, und zweitens müssen wir irgendwie an die Schnapsflasche herankommen. Wenn wir Reste von einem Betäubungsmittel nachweisen könnten, hätten wir schon viel mehr in der Hand. Ich wette, dass ihm das Zeug mit dem Wodka verabreicht wurde.«

»Selbst wenn wir die Flasche finden würden, was total unwahrscheinlich ist – wer soll den Nachweis machen?«, wandte ich ein. »Ich kann ja wohl kaum bei Kommissar Flatter aufkreuzen und ihm die Flasche in die Hand drücken.«

»Ich dachte nicht an Flatter, sondern an deinen Bruder«, sagte Herr Kasimir.

Ich verdrehte die Augen. »Felix? – Damit er mich für total plemplem erklärt?«

Er trippelte nervös, meine Einwände störten seinen Tatendrang. »Erst mal müssen wir an die Flasche kommen, alles andere ergibt sich dann schon. Angesichts der Umstände glaube ich nämlich kaum, dass sie in einen Glascontainer gewandert ist. Die Leute haben jetzt andere Probleme als Mülltrennung.«

Mir schwante Übles. »Super, nichts leichter als das.«

»Von *leicht* hab ich nichts gesagt«, antwortete Herr Kasimir gereizt. »Es wird weder leicht noch angenehm …« Er schwieg bedeutungsvoll.

Ich sah ihn ungläubig an. »Versteh ich Sie richtig? Sie wollen, dass ich die Mülltonnen von Knappmanns Haus durchwühle?«

»Kluges Kind«, sagte Herr Kasimir. »Erinnerst du dich an diese auffälligen orangen Müllsäcke, die im Flur standen? Die müssten doch leicht zu identifizieren sein.«

Ich stöhnte auf. »Und wenn die Müllabfuhr schon da war?«

Herr Kasimir leckte sich genüsslich einen Tropfen Kaffee von der Schnauze. »Dann wäre das natürlich sinnlos. Aber vielleicht haben wir Glück, die Abholtermine müssten auf der Website der Stadtverwaltung stehen.«

Seine Vermutung stellte sich als richtig heraus. Die Müllabholung im Wohnviertel der Knappmanns war erst donnerstags, wir hatten also noch zwei Tage Zeit. Trotzdem beschloss ich, die Sache schnell hinter mich zu bringen. Je länger ich wartete, desto voller waren die Tonnen.

Diesmal packte ich Herrn Kasimir samt Ringelstrick in die warme Bauchtasche. Wieder trabte Marlowe gesittet neben dem Rad her und ließ sich weder durch Hundedamen noch durch andere verlockende Düfte ablenken.

Unser Vorhaben bereitete mir Bauchschmerzen. Abgesehen davon, dass es ekelhaft war – was sollte ich sagen, wenn mich jemand erwischte?

Ich atmete auf, als ich feststellte, dass es keine Tonnen, sondern nur einen einzigen, wenn auch riesigen, Container gab, der praktischerweise von einem Bretterverschlag abgeschirmt wurde.

Nicht so gut war, dass er fast überquoll. Offenbar hatten die Knappmanns sich nicht mal die Mühe gemacht, die Sachen des Verstorbenen zum Recyceln zu bringen, sondern alles in den Hausmüll geworfen. – Die auffälligen orangen Müllsäcke waren eindeutig in der Überzahl.

Herr Kasimir, der nun wieder auf meiner Schulter saß, kommentierte das so: »Psychologisch vollkommen einleuchtend. Es zeigt, wie stark der Wunsch ist, alle Erinnerung an den Mann auszulöschen. Nichts, rein gar nichts von ihm soll überleben.«

»Mist!« Ich sah mich genervt nach etwas um, worauf ich mich stellen konnte, um überhaupt an die oberste Schicht ranzukommen.

Da außer einem alten Plastikeimer nichts greifbar war, drehte ich das vergammelte Ding um. Dann zog ich die Gummihandschuhe über, die ich in weiser Voraussicht mitgebracht hatte, und bestieg meinen wackeligen Tritt. Unter den verwunderten Blicken Marlowes machte ich mich ans Werk. Ich hatte schon x Säcke durchwühlt und außer Klamotten und Plunder nichts gefunden, als ich an einen Sack kam, aus dem es bestialisch stank. Angewidert fischte ich einen verkrusteten Aschenbecher heraus, und darunter …

»Bingo!«, sagte ich erleichtert und zog die Wodkaflasche hervor.

»Was treibst du denn da?«, hörte ich plötzlich eine Männerstimme.

Ich fuhr so heftig herum, dass Herr Kasimir den Halt verlor und von meiner Schulter in den Container plumpste.

»Scheiße«, stieß ich aus, und kämpfte, mit der Wodkaflasche wedelnd, um Balance.

»Runter da, Fräulein!« Der Fremde, den ich mit einem einzigen Blick als den Hausmeister identifizierte – er war definitiv der Hausmeistertyp –, griff nach meiner Hand.

Marlowe richtete sich auf und knurrte. Der Mann trat einen Schritt zurück. Ich sprang vom Eimer.

»Er tut nichts«, sagte ich, und zu Marlowe: »Marlowe, Platz!«

Marlowe gehorchte sofort, ließ aber seinen Blick nicht von dem stämmigen Mann mit der Basecap, der wiederum mich misstrauisch ansah. »Also, was hast du hier verloren? – Du gehörst nicht zum Haus.«

»Äh«, stammelte ich, »ich …«

Jetzt bemerkte er die Flasche, die ich mit der Rechten umklammerte. »Aha, wieder mal ein Pfandflaschenjäger!«

»Äh …« Dann nickte ich eifrig. »Ja, ich spare auf ein neues Rad.«

Der Mann blickte stirnrunzelnd auf meinen Uralt-Drahtesel. »Das versteh ich. Aber erstens ist das …«, er deutete auf die Wodkaflasche, »keine Pfandflasche – was du wissen solltest. Und zweitens ist es nicht erlaubt, in fremdem Müll herumzuwühlen.«

»Das wusste ich nicht«, sagte ich verlegen. »Ich meine, dass das verboten ist.« Ich hob die Flasche an. »Außer der hier hab ich auch noch gar keine gefunden.«

Der Hausmeister musterte mich nachdenklich. Mit meinem klapprigen Fahrrad, dem verwaschenen Hoodie und den vom Fahrtwind wirren Haaren wirkte ich wahrscheinlich wirklich bedürftig.

»Im Prinzip find ich es gut, dass du dein Taschengeld selbst aufbessern willst«, sagte er unerwartet freundlich. »Das hab ich früher auch gemacht. Na, dann lass uns mal zusammen schauen!« Kopfschüttelnd räumte er die orangen Müllsäcke beiseite. »Nichts von dem Kram hier ist Hausmüll. Ich weiß genau, wer das war. Normalerweise würde ich den Leuten ihren ganzen Krempel vor die Haustür stellen – aber sie hatten gerade einen Todesfall.«

»Oh«, murmelte ich und dachte, dass der Mann echt in Ordnung war.

Mit so viel Hilfsbereitschaft hatte ich dann allerdings doch nicht gerechnet. Zielsicher fischte er eine Pfandflasche nach der anderen aus dem Müll und lud sie in meinen verrosteten Fahrradkorb, während ich verzweifelt nach Herrn Kasimir Ausschau hielt.

Plötzlich hörten wir ein eigenartiges Geräusch, von dem nur ich wusste, dass es das Niesen eines Meerscheinchens war.

Mein freundlicher Helfer stutzte. Er starrte in den Container, seine Augen verengten sich. »Verdammt! Da unten ist was. – Kannst du mir mal erklären, wie es diese

Scheißratten immer wieder schaffen, die glatte Metallwand hochzuklettern?«

Nein, das konnte ich nicht. Ich hätte auch keine Gelegenheit mehr dazu gehabt. Während ich noch überlegte, ob ich ihm von meinem Meerschweinchen erzählen sollte, rannte er schon Richtung Haus. »Ich hol nur rasch das Rattengift«, rief er mir zu. »Fass bloß nicht mehr in den Container. Die Viecher beißen!«

Das *Viech*, das ihn so in Fahrt gebracht hatte, biss nicht, es fluchte, dass sich die Balken bogen. »Teufel noch mal, hol mich endlich raus! Wie lang soll ich noch hier im Dreck sitzen?«

Ich reckte mich über den Containerrand, fischte Herrn Kasimir unter einem verwelkten Kohlblatt hervor und steckte ihn in die Tasche. Dann schnappte ich mir die Wodkaflasche, stieg eiligst aufs Fahrrad und trat in die Pedale, dass Marlowe kaum mitkam.

Außer Sichtweite von Knappmanns Wohnung hielt ich atemlos an und zog die Handschuhe aus.

»Hast du wenigstens die Wodkaflasche?«, erkundigte sich Herr Kasimir.

Ich nickte keuchend. »Hinten im Korb. – Mann, ich will duschen!«

»Ich auch«, sagte Herr Kasimir. »Ich stinke wie ein Iltis.«

Auf dem Heimweg besorgte ich im Gartencenter die Mausefallen für Olaf. Dann brachte ich die Pfandflaschen weg, und steckte kopfschüttelnd den bescheidenen Erlös ein. Ich dachte an den mitleidigen Blick des netten Hausmeisters. Selbst für ein preiswertes Cityrad müsste ich an die zweitausend Flaschen sammeln.

Es war schon Abend, als ich heimkam. Ich setzte Herrn Kasimir auf die Schulter und verbarg die Flasche in meiner Jacke.

»Ich geh jetzt als Erstes duschen«, sagte ich, als wir in meinem Zimmer waren.

Herr Kasimir schnaubte. »Und was ist mit mir? Mein Wollmantel stinkt nach Mülltonne und mein Fell juckt geradezu ekelhaft.«

Ich sah ein, dass er schlimmer dran war als ich, und nahm ihn mit ins Bad, wo ich warmes Wasser und Shampoo ins Waschbecken gab. Er hatte recht, sein Wollmantel stank entsetzlich, den konnte man nur entsorgen, gut, dass ich den zweiten Socken noch hatte.

Während er wohlig in das warme Bad tauchte, zog ich mich im Schutz des Duschvorhangs aus, duschte ausgiebig, und angelte nach meinem Bademantel. Mit dem angenehmen Gefühl, wieder sauber zu sein, trat ich ans Waschbecken.

Herr Kasimir blickte, eine Schaumflocke auf dem Schopf, zu mir hoch. »Könntest du mir bitte den Rücken schrubben? Mama hat das auch immer gemacht.« Ich verkniff mir eine spöttische Bemerkung und schrubbte über Bullys nasses Fell, dass die Blasen spritzten.

»Guuuut«, ächzte Herr Kasimir. »Fester! – Mama sagte immer, das sei gut für den Kreislauf.«

Ich griff nach einem Handtuch. »Das reicht. Sie sind sauber!«

Das Bild eines erwachsenen Mannes, der sich von seiner alten Mutter den Rücken schrubben ließ, fand ich irgendwie lächerlich. Ich rubbelte Herrn Kasimir trocken und setzte ihn in den Käfig, wo ich ihm sein Futter und die Tropfen gab. Er hatte heute nur ein paarmal geniest, das Mittel tat seine Wirkung, man musste es nur regelmäßig geben.

Am Abend diskutierten wir noch heftig über die Wodkaflasche. Herr Kasimir wollte unbedingt, dass ich Felix gleich anrief, was ich aber ablehnte. Am Telefon würde ich so etwas Heikles bestimmt nicht mehr mit ihm besprechen. Ich wusste von Mum, dass mein Bruder am Freitag zum Abendessen kommen würde. Bis dahin war mir vielleicht auch eine Geschichte eingefallen, die ihm einleuchtete.

7. KAPITEL

Der nächste Schritt war, Patricks Alibi zu überprüfen. Aber wie sollten wir das anstellen? Ich wusste zwar, wo er arbeitete, aber ich konnte ja nicht gut zu ihm hingehen und ihn ausquetschen, was er zur fraglichen Zeit gemacht hatte. Während Herr Kasimir und ich uns darüber die Köpfe zermarterten, löste sich das Problem fast von selbst.

Als ich am nächsten Tag Marlowe rausbringen wollte, stieß ich im Foyer beinahe mit Patrick zusammen.

»Sorry«, sagte er und blickte zwischen Marlowe und Herrn Kasimir, der in den zweiten Sockentorso gehüllt auf meiner Schulter saß, hin und her. »Das sind ja abgefahrene Vierbeiner – trägt der Kleine immer einen Mantel?«

Ich schüttelte den Kopf. »Ne, aber er ist erkältet.«

Sein Blick verdunkelte sich. »Einen Hund hatte ich nie, aber ich hatte mal zwei Meerschweinchen.«

Ich biss mir auf die Lippen.

»Mit Meerschweinchen muss man nicht Gassi gehen«, sagte ich schnell, um ihn von seinen schwarzen Gedanken abzulenken. »Aber Marlowe braucht viel Bewegung.«

Patrick musterte mich mit einem Blick, den ich nur zu gut kenne, und so wunderte mich auch nicht, was nun kam: »Bewegung schadet dir aber auch nicht.«

Ich runzelte die Stirn.

»So hab ich das nicht gemeint.« Er lächelte schief. »Wart mal ...« Er kramte in der Jackentasche und zog eine Karte heraus. »Hier, damit kannst du ein Probetraining bei uns machen. Kostet dich rein gar nichts. Probier's aus, macht dir sicher Spaß.«

Ich schluckte.

»Nimm sie!«, hörte ich Herrn Kasimirs Stimme. »Du hast es bitter nötig.«

»Das hab ich überhaupt nicht nötig«, fauchte ich.

»Das sagt ja auch keiner.« Patrick steckte verlegen die Karte weg.

»Nimm sie schon!«, bekam ich wieder zu hören.

Ich streckte die Hand aus. »Gib her!«

»Es wird dir hundertpro gefallen«, sagte Patrick erleichtert.

»Hundertpro NICHT«, murmelte ich und wandte mich zur Tür.

»Hey!« Patrick rief mich zurück. »Ich soll die Sachen von dem Alten abholen. Wo muss ich hin?«

Er war also hier, um die armseligen Klamotten seines Stiefvaters abzuholen.

Dad wirft die Sachen von Verstorbenen grundsätzlich nicht weg, nicht mal auf Wunsch. Er sagt, sicher ist sicher, so kann keiner hinterher behaupten, es sei etwas unterschlagen worden.

Ich wies ihm den Weg zu Dads Büro und verließ das Haus.

Obwohl ich nicht die geringste Lust verspürte, meine wertvolle Zeit in einem Sportstudio zu verplempern, hatten wir jetzt einen super Aufhänger, Patricks Alibi zu überprüfen.

Freitagnachmittag kreuzte ich also im MOVE FOR FUN auf.

Eine Blondine mit einem Traumbody stand am Tresen und taxierte mich mit einem so mitleidigen Blick, dass ich am liebsten kehrtgemacht hätte. »Kann ich was für dich tun?«

Ich fummelte den Gutschein aus der Hosentasche. »Den hat mir Patrick gegeben. Ist er da?«

»Ah«, sagte sie, »Probetraining! – Nein, Patrick ist schon weg. Aber ich kann nachsehen, ob gerade ein anderer Trainer frei ist.«

Ich schüttelte den Kopf. »Ne, ich will zu Patrick. – Wann hat er freitags denn Dienst?«

Die Tussi studierte einen Plan. »Freitag nur vormittags. Aber ich kann dich für Dienstag eintragen. Um zehn hat er noch Luft. – Wie heißt du?«

»Äh ...«, stammelte ich.

»Worauf wartest du?«, hörte ich Herrn Kasimir, den ich in der Bauchtasche verstaut hatte, um blöden Fragen aus dem Weg zu gehen.

Ich seufzte. »Ich heiße Valentine. – Okay, dann halt Dienstag um zehn.«

»Dreimal sind frei«, sagte die Blonde, während sie etwas in eine Liste eintrug. »Danach kannst du ein günstiges Schüler-Abo abschließen.«

Ich lächelte bitter. »Super! – Das wollte ich schon immer.«

Mit einem ahnungsvollen Blick auf die Foltergeräte, die mich erwarteten, verließ ich die Stätte der Leibesertüchtigung.

Auch wenn mir die Aktion einen unangenehmen Termin eingebracht hatte, wussten wir jetzt: Patrick hatte Freitagabend definitiv keinen Dienst, obwohl er behauptet hatte, er sei im Sportstudio gewesen.

»Alles deutet auf den jungen Mann hin«, sagte Herr Kasimir. »Mit dem Probetraining erreichen wir zweierlei: Du kannst Patrick näher auf den Zahn fühlen und du tust endlich mal was für deine Fitness, was längst überfällig ist.«

Seine Bemerkung ärgerte mich, aber ich hatte keine Lust, mich auf eine Diskussion einzulassen.

Als wir heimkamen, stand Felix' Auto schon im Hof. Obwohl der Duft von Mums erstklassigem Gulasch bis ins Treppenhaus zog, war mir der Magen wie zugeschnürt. Ich hatte echt keinen Schimmer, wie ich Felix dazu bringen sollte, Knappmanns Wodkaflasche im Uni-Labor untersuchen zu lassen. Ich nahm mir vor, mich an das Thema langsam heranzutasten. Ich versorgte Herrn Kasimir mit seinen Tropfen und einer Schüssel Körner und ging in die Küche. Marlowe folgte mir, um diese Zeit bekam er immer sein Futter.

»Na Dicker!« Felix streichelte ihn, dann sah er mich prüfend an, wahrscheinlich dachte er an unser letztes Telefonat.

Ich wich seinem Blick aus und setzte mich neben Dad an den Tisch.

Mum stellte eine Schüssel mit Reis auf den Tisch. »Wo warst du eigentlich heute Nachmittag, Valentine?«

»Im Sportstudio«, erwiderte ich, und erzählte von dem Gutschein, den mir Patrick gegeben hatte. Damit versetzte ich alle in unverhohlene Verblüffung.

Mum wirkte geradezu erleichtert. »Valentine, toll, dass du dich aufraffst, endlich was für dich zu tun. Das Abo kriegst du natürlich von uns spendiert. – Stimmt's, Schatz?«

Dad zuckte mit den Schultern. »Von mir aus, wenn es Valentine Freude bereitet. Aber meinetwegen muss sie da nicht hin. Mir gefällt sie, wie sie ist.«

Mum knallte ihm einen Löffel Reis auf den Teller. »Fall mir nur in den Rücken!«

Felix hob spöttisch die Augenbrauen. »Mens sana in corpore sano.«

»Idiot«, fuhr ich ihn an. ›Ein gesunder Geist in einem gesunden Körper‹ – ha, ha ... Sein lateinischer Seitenhieb auf meinen Geisteszustand, machte es mir auch nicht leichter, ihn auf die Flasche anzusprechen.

Mum runzelte die Stirn. »Valentine, was regst du dich so auf?«

Ich schnaubte. »Lass mich!«

Kopfschüttelnd wandte sie sich an Felix. »Wie läuft's an der Uni?«

Er stöhnte auf. »Ich schufte zurzeit bis in die Nacht. Momentan jagen sich die Klausuren.«

Mum tätschelte ihm den Arm. »Du schaffst das schon. – Welches Fach ist das nächste?«

»Forenschische Tokschikoloschie«, antwortete Felix mit vollem Mund.

»Forensische Toxikologie?«, fragte Dad nach. »Gifte und so was?«

Felix schluckte runter. »Gifte, Drogen. Das ganze weite Feld.«

Ich horchte auf. Während ich noch überlegte, wie ich diesen wundervoll passenden Faden aufnehmen könnte, läutete das Telefon im Wohnzimmer. Die Melodie verriet, dass es auf der Büronummer klingelte, deshalb stand Dad auf.

Mum seufzte. »Ach nee, nicht schon wieder Freitagabend …«

Aber ihre Befürchtung bestätigte sich. »Eine Abholung«, sagte Dad, als er wieder hereinkam. »Felix, es wäre nett … Sonst müsste ich versuchen, Olaf oder Herrn Hahn zu erreichen.«

Felix nickte unwillig. »Okay, ich komm mit. Wird hoffentlich nicht so lang dauern, ich muss noch lernen.«

»Können die Leute nicht bis Montag warten?«, fragte Mum genervt.

Dad schüttelte den Kopf. »Nicht, wenn der Tote im Treppenhaus liegt!«

»Ach du Schande!«, stieß ich aus. »Herzinfarkt?«

Dad setzte sich wieder an den Tisch. »Keine Ahnung. Die Ehefrau war völlig aufgelöst, sie brachte kaum die Adresse heraus.« Er seufzte. »Na ja, es ist im Villenviertel drüben. Wird wenigstens kein Billigbegräbnis wie die Abholung vom letzten Freitag. – Trotzdem, wir essen jetzt erst in Ruhe auf. – Dein Gulasch schmeckt übrigens hervorragend!«

Mum, an die das Kompliment gerichtet war, verdrehte die Augen.

Der Anruf hatte mir die ganze Tour vermasselt. Ich sah keine Möglichkeit, das Gespräch jetzt wieder unverfänglich in Richtung Gifte und Drogen zu lenken. Vielleicht ergab sich dazu Gelegenheit, wenn ich Dad und Felix begleitete.

Deshalb fragte ich: »Kann ich mitkommen?«

Während Mum mich erstaunt ansah, huschte über Dads Gesicht ein zufriedenes Lächeln. »Gern, wenn du das wirklich willst?«

Ich schob meinen Teller weg und stand auf. »Ich zieh mich nur rasch um.«

Herr Kasimir war zwar nicht begeistert, dass unser gemütlicher Krimi-Abend schon wieder ausfallen sollte, aber er sah die Notwendigkeit ein.

In meinen kneifenden Hosenanzug gezwängt, klemmte ich kurz darauf wieder neben meinem Bruder im Firmenwagen.

»Toxikologie paukst du also«, bemerkte ich so beiläufig wie möglich. »Hört sich interessant an.«

Felix nickte. »Ist es. Hochinteressant.«

»Stimmt es, dass man Drogen auch in den Haaren

finden kann?«, mischte sich Dad ins Gespräch. »Haschisch zum Beispiel.«

»Das stimmt«, antwortete Felix. »THC kann man noch monatelang nachweisen.«

»K.-o.-Tropfen auch?«, fragte Dad weiter. »Neulich erst stand wieder so ein Fall in der Zeitung.«

»K.-o.-Tropfen?«, wiederholte ich. »Was ist das denn?«

»GHB«, sagte Felix.

Ich sah ihn ratlos an. »Kannst du das auch auf Deutsch sagen?«

Felix grinste. »Klar, Gamma-Hydroxybutansäure.«

Ich sah ihn ratlos an. »Ach das ...?«

Mein Bruder lachte. »GHB ist eine Form von Ecstasy, ein Rausch- und Betäubungsmittel. Von Ecstasy hast du doch sicher schon mal was gehört.« Er hob lehrerhaft den Finger. »Merk dir das für später und sei wachsam, Schwesterchen! Es gibt Typen, die kippen einem das Zeug in die Drinks, und wenn man dann selig schlummert, beklauen sie einen oder machen noch Schlimmeres.«

Dad warf uns einen entsetzten Blick zu.

Ich schüttelte den Kopf. »Keine Angst, das passiert mir im Leben nicht.«

»Sei da mal nicht so sicher!«, sagte Felix. »Die Masche ist echt fies. Die Tropfen schmeckt man aus Alkohol nicht raus. – Achte jedenfalls später immer darauf, dein Getränk nie unbeobachtet zu lassen!«

Dad räusperte sich. »Kriegt man diese K.-o.-Tropfen denn so leicht?« Seine Stimme klang jetzt ernsthaft besorgt. »Die sind doch sicher nicht rezeptfrei.«

Felix zuckte mit den Schultern. »Im Internet kriegst du alles.«

»Und dieses Gamma…-Zeugs findet man das auch in den Haaren?«, erkundigte ich mich.

»Im Prinzip auch im Blut, aber GHB ist schwer nachzuweisen«, sagte Felix. »Nach einmaliger Einnahme so gut wie gar nicht. Deshalb wird es auch so oft für kriminelle Zwecke verwendet.«

GHB, die drei Buchstaben rotierten in meinem Kopf. Hatte man Knappmann mit K.-o.-Tropfen lahmgelegt und ihn dann erstickt?

»Wäre es nicht viel einfacher, das Getränk zu untersuchen?«, fragte ich.

Felix nickte. »Klar, aber das ist meistens nicht mehr möglich. Keiner nimmt doch sein Glas mit, wenn er ein Lokal verlässt. – Außerdem muss man Anzeige erstatten, damit das rechtsmedizinische Labor überhaupt eine Untersuchung macht. Den meisten Mädchen ist das aber zu peinlich.«

»Macht ihr im Institut solche Nachweise?«, hakte ich nach.

»Ne, die Proben werden eingeschickt ...« Felix stutzte, er sah mich misstrauisch an. »Warum interessiert dich das eigentlich so?«

Das Gespräch, das so gut angefangen hatte, entwickelte sich definitiv in die falsche Richtung, als mir Dad zu Hilfe kam.

»Ich find's gut, dass sich Valentine dafür interessiert«, sagte er. »Aufgeklärte Mädchen lassen sich nicht so leicht was ins Getränk kippen.«

»Das ist allerdings auch wieder wahr«, erwiderte Felix. »Zwei Kommilitoninnen von mir haben sogar einen Schnelltest in der Handtasche. Bei Verdacht kann man damit sein Getränk noch vor Ort checken.«

Ich spitzte die Ohren. – Mann, das war vielleicht die Lösung! »Kriegt man den in der Apotheke?«

»Keine Ahnung, ich glaub, sie haben den Test im Internet bestellt.« Felix runzelte die Stirn, als ahnte er, dass mein Interesse überhaupt nicht künftigen Discobesuchen galt.

Ich hielt es für besser, das Thema nun abzuschließen und blickte scheinbar unbeteiligt nach vorn.

Villen mit gepflegten Vorgärten zogen an uns vorüber, dicke Autos kamen uns entgegen. Das hier war fraglos das Pflaster für Begräbnisse erster Klasse.

Dad sah sich suchend um. »Haydnstraße 54. Wir müssten eigentlich gleich da sein.«

»Da vorn!« Felix deutete auf eine Walmdachvilla. »Da steht ein Polizeiwagen in der Einfahrt!«

Dad bremste und hielt an. »Dr. Frank Bellingheim«, las er am Gartentor. »Wir sind hier jedenfalls richtig.«

8. KAPITEL

Die Haustür stand offen. Wir traten in eine geräumige Diele, eine Marmortreppe führte in den ersten Stock. Auf dem Boden vor der untersten Stufe lag, zugedeckt mit einem Laken, eine Gestalt. Hemmungsloses Schluchzen drang aus einem Zimmer. Gänsehaut überkam mich. Hier war etwas wirklich Tragisches passiert.

Ein Mann mit einer großen Tasche kam heraus. »Traurige Sache«, sagte er zu uns, und sah gedankenvoll auf den Toten. »Genickbruch. Wir kannten uns, er war ein Kollege. Er muss die Treppe von ganz oben heruntergestürzt sein. Die arme Frau Bellingheim hat ihn gefunden, als sie heimkam. Sie ist völlig fertig. – Seien Sie behutsam, die Polizei ist noch da. – Der Totenschein liegt übrigens im Wohnzimmer.«

Der Mann, der offensichtlich Arzt war, nickte uns zu und verließ das Haus.

»Polizei?«, flüsterte ich Felix zu.

Felix nickte. »Bei einem Unfall muss der Arzt die Polizei benachrichtigen, um Fremdeinwirken auszuschließen.«

Während Dad und Felix schon ins Wohnzimmer gingen, sah ich mich beklommen um. Den Spuren an der Tapete nach zu urteilen, musste Bellingheim tatsächlich schon ganz oben den Halt verloren haben und dann ungebremst hinuntergekugelt sein.

Als ich das Wohnzimmer betrat, verabschiedeten sich die beiden Polizeibeamten bereits. »Ich wünsche Ihnen viel Kraft«, sagte der ältere, der jüngere nickte bedrückt.

Nachdem die beiden gegangen waren, saß Frau Bellingheim, zusammengesunken wie ein Häufchen Elend, in ihrem Designersessel und zerknüllte ein Taschentuch. »Es ist so schrecklich!«, raunte sie. »So furchtbar schrecklich!«

»Herzliches Beileid, Frau Bellingheim«, sagte nun mein Vater. »Wir werden alles, was in unserer Macht steht, tun, um Ihnen in diesen schweren Tagen so viel wie möglich abzunehmen.«

Sie hob den Kopf. Trotz ihrer rot umränderten Augen sah man, dass sie auf sich achtete. Ihre etwas zu blonden Haare waren zu einem perfekten Pagenkopf geschnitten. Das enge Kleid zeigte viel, fast zu viel von ihren langen Beinen. Dennoch, irgendetwas in ihrem Gesicht wirkte maskenhaft, ohne dass ich genau hätte sagen können, was es eigentlich war. Vielleicht waren es ihre unnatürlich aufgeplusterten Lippen. Sie griff schluchzend nach einer Schachtel Mentholzigaretten und fingerte eine heraus. Dabei zitterte sie so, dass ihr die Zigarette aus der Hand fiel.

Unwillkürlich bückte ich mich. Und da geschah es: Es machte Ratsch und meine viel zu enge Pietätshose platzte. Ich fuhr hoch. »Sch…«

Dad warf mir einen Blick zu, der mich zum Schweigen brachte. »Im Handschuhfach sind Sicherheitsnadeln«, raunte er mir zu.

Ich bewegte mich rückwärts zur Tür, damit Felix, der den Kopf senkte, um sein unverschämtes Grinsen zu verbergen, meine Rückseite nicht sehen konnte.

Mit einem Päckchen Sicherheitsnadeln zurück im Haus, machte ich mich auf die Suche nach der Gästetoilette. Dabei verlief ich mich zunächst in eine supermoderne Hochglanz-Küche, wie ich sie bisher nur im Möbelhaus gesehen hatte. Sicher hatten die Bellingheims eine Putzfrau. Bis auf einen Korb mit einer leeren Champagnerflasche und zwei kleineren Einwegflaschen, die offenbar in den Glascontainer gebracht werden sollten, stand nichts herum. Umweltbewusst war man also. Die fast sterile Atmosphäre erinnerte mehr an einen OP als an eine Küche. Viel gekocht wurde hier anscheinend nicht.

Ich dachte an die einfache Behausung der Knappmanns. Dad hatte recht, als Bestatter lernte man Leute aus allen Schichten kennen. Ein Geräusch riss mich aus meinen Überlegungen. Ich drehte mich um. Eine weiße Perserkatze sah mich ebenso erschrocken an wie ich sie. Sie war durch eine Klappe in der Terrassentür hereingekommen. Ihr Auftauchen erinnerte mich daran, dass ich hier nichts, rein gar nichts, verloren hatte.

Zum Glück war schon die nächste Tür die richtige. Aber selbst dieser Ort für dringende Bedürfnisse kam mir wie ein Musterbeispiel aus einem Wohnmagazin vor. Die Leute hatten echt Kohle!

Ich schälte mich aus meiner demolierten Hose und sah mir den Schaden an. Direkt in der Pofalte klaffte ein zwei Handteller langer Spalt.

Sicherheitsnadeln sind fraglos eine geniale Erfindung. Für meinen speziellen Notfall schienen sie mir aber nur bedingt geeignet, zumal ich mich schon mit der ersten stach. Ich wollte mir lieber nicht ausmalen, was passierte, wenn auch nur eine aufging. Schließlich warf ich das Kosmetiktuch, das ich um meinen blutenden Finger gewickelt hatte, ins Klo und drückte die Spülung. Wieder einmal wirbelte ein Zigarettenstummel nach oben. Mann, dachte ich, manche Leute sind ja echt abhängig. Dass angeblich immer weniger geraucht wird, ist wohl doch nur ein Gerücht.

Nachdem ich mich äußerst vorsichtig in mein provisorisch gesichertes Beinkleid zurückgezwängt hatte, verließ ich das Gäste-WC. Ich hatte wohl eine ganze Weile gebraucht, denn Dad und Felix trugen den unglücklichen Doktor Bellingheim bereits in den Wagen. Die langhaarige Katze kam auf mich zu und strich um meine Füße, als wäre ich eine alte Bekannte. Ich wagte nicht, mich zu ihr hinunterzubeugen.

»Frau Bellingheim soll dir noch einen Anzug raussuchen«, sagte Dad. »Sie wünscht eine offene Aufbahrung.«

Als ich das Wohnzimmer betrat, starrte Frau Bellingheim wie versteinert vor sich hin. Ich räusperte mich.

Sie fuhr unvermittelt hoch. »Ach ja, der Anzug«, sagte sie heiser und stand auf. »Komm!«

Ich folgte ihr. Vor der Treppe blieb sie da stehen, wo sie ihren Mann gefunden hatte. »Er war ein wunderbarer Mensch. Ich werde nie darüber hinwegkommen.« Mit gesenktem Kopf schlich sie nach oben.

Ich fühlte mich völlig hilflos. Anders als Frau Knappmann war sie die personifizierte Trauer. Schweigend folgte ich ihr in ein geräumiges Schlafzimmer.

Frau Bellingheim öffnete einen begehbaren Wandschrank, der Duft von Lavendel schlug mir entgegen. Während sie die Anzüge durchforstete, wanderte mein Blick durch den Raum. Die Tagesdecke des breiten Ehebetts war zurückgeschlagen, eines der Kopfkissen zerknüllt. Vielleicht hatte Dr. Bellingheim ein Nickerchen gehalten, ehe der Unfall passierte. Dann zogen die Bilder an den Wänden meine Aufmerksamkeit an. Ich rückte die Brille gerade und ging näher hin. Auf den meisten Fotos strahlte mir eine leicht bekleidete junge Frau entgegen. Irgendwie sah die glamouröse, stark geschminkte Blondine der Witwe ähnlich.

»Ist das Ihre Tochter?«, erkundigte ich mich, als Frau Bellingheim mit einem schwarzen Smoking zurückkam.

»Nein!«, fuhr sie mich an. »Das bin ich! Ich hab keine Kinder. Wenn man beim Film ist, kann man sich keine leisten. Eine Schwangerschaft ruiniert einem die Figur.« Sie deutete auf ein Foto, das sie mit einem Mann zeigte, den ich irgendwo schon mal gesehen hatte. »Das bin ich mit Wim Wenders, falls dir das was sagt.«

Ich nickte höflich. Dass Wim Wenders ein bekannter Regisseur war, wusste ich.

»Spielen Sie noch?«, fragte ich.

»Ab und zu«, sagte sie knapp. »Zu viele andere Pflichten. Frank – das ist …« Sie schluchzte laut auf. »Das war er.« Damit deutete sie auf ein Foto, das sie mit einem gut aussehenden großen Mann zeigte. »Er war im Lions-Club und in vielfältige gesellschaftliche Verpflichtungen eingebunden.«

»Aha«, sagte ich.

»Valentine, wo bist du?« Dads Stimme, die aus der Diele kam, unterbrach unser Gespräch. Ich nahm ihr den Anzug ab und ging zur Treppe. »Ich komme!«

Im Schneckentempo bewegte ich mich nach unten – ich traute den Sicherheitsnadeln nicht. Meine Augen wanderten über die Tapete. Die Blutspuren ließen mir einen Schauder über den Rücken laufen. Der arme Herr Bellingheim musste sich den Kopf aufgeschlagen haben. Wahrscheinlich war er dabei schon bewusstlos geworden. Anders konnte ich mir nicht erklären, warum er sich nicht gefangen hatte, sondern ungebremst bis in die Diele gekugelt war.

Als wir wieder im Auto saßen, sagte Dad: »Die Frau kann einem leidtun. Wenigstens ist sie finanziell abgesichert. Dr. Bellingheim war Schönheitschirurg. Kennt ihr die Privatklinik in der Mozartstraße?«

Felix nickte. »Klar. War das seine?«

Dad warf ihm einen augenzwinkernden Seitenblick zu. »Überleg dir das noch mal. Wenn du später eine schöne Frau und ein tolles Haus dein Eigen nennen willst, solltest du umsatteln.«

Felix zuckte mit den Schultern. »Die Frau gefiel mir jedenfalls nicht besonders. An dem Gesicht ist zu viel gemacht worden.«

»Meinst du?«, fragte ich, während ich dachte, dass das erklärte, warum mir ihre Mimik so maskenhaft vorgekommen war.

»Schönheit kommt immer von innen«, bemerkte Dad. »Die äußere ist vergänglich. – Ich würde mich niemals operieren lassen.«

Ich lachte. »Einen Versuch wär's wert.«

Dad machte auf beleidigt. »Ach, ich gefall dir wohl nicht?«

Ich drehte mich schwungvoll zu ihm hin und drückte ihm einen Kuss auf die Wange. »Du bist doch der Beste. Wie sagst du immer: Schönheit vergeht, Dummheit bleibt.«

Als ich mich zurücklehnen wollte, raunzte mich Felix an: »Mach dich nicht so breit!«

Ich rutschte ein Stück zur Seite – und dann hörte ich die Englein singen. »Aaaauuuuuu…!«

Dad trat auf die Bremse. »Was ist denn, um Himmels willen?«

Ich brachte kein Wort heraus, sondern winkte nur stumm ab.

In meinem Hintern steckte eine Nadel, meinem Gefühl nach bis zum Anschlag.

Felix sah mich überrascht an, dann verzog er den Mund zu einem breiten Grinsen. »Na, du kleines Nadelkissen!«

»Ach du lieber Gott!«, stieß Dad aus. »Die Sicherheitsnadeln.«

Er stoppte am Straßenrand. Mein feixender Bruder stieg aus und reichte mir die Hand. Im Zeitlupentempo kroch ich aus dem Wagen. Dad und Felix blickten mich in einer unerträglichen Mischung aus Mitleid und Erheiterung an.

»Dreht euch gefälligst weg!«, brüllte ich und schaute mich um, ob jemand in der Nähe war. Erst versuchte ich natürlich, die offene Nadel zu erwischen, ohne die Hose auszuziehen, aber das gelang mir einfach nicht. Also blieb mir nichts anderes übrig, als mitten auf der Wilhelmsstraße die Hosen runterzulassen. Sicherheitshalber fummelte ich auch gleich die anderen Nadeln heraus, was etwas dauerte. Aber noch mal wollte ich das jedenfalls nicht erleben. Bis daheim würde ich ohnehin sitzen. Ein vorbeifahrender Motorradfahrer hupte und hob den Daumen. Ich zeigte ihm auch einen Finger, welchen muss ich ja wohl nicht sagen. Ja, es gibt definitiv Situationen, da ist einem alles egal. Mit dieser Nummer hatte ich den Gipfel der Peinlichkeit so was von überschritten!

Total gefrustet zwängte ich mich wieder neben Felix und nahm mir fest vor, mich nicht weiter provozieren zu lassen.

Felix teilte erwartungsgemäß noch ein paar Seitenhiebe aus, die ich aber an mir abprallen ließ. Ignorieren ist meiner Erfahrung nach die beste Methode, jemanden zum Schweigen zu bringen.

Leider gelang mir das nicht bei den Sticheleien, die mich daheim erwarteten. Mum war allerdings weniger amüsiert als genervt, zumal sie jetzt auch noch die Hose flicken musste. »Ich will dir ja nicht reinreden, aber ich hab's dir gesagt: Du hast zugelegt. – Gut, dass du jetzt wenigstens mit dem Sportstudio anfängst.«

»Verdammt! Hör auf damit«, zischte ich und riss ihr die Hose aus der Hand. »Dann näh ich das eben selbst.«

Ich war stinksauer. Erstens tat mir immer noch der Hintern weh, und zweitens wurmte es mich doch, mehr, als ich zugeben wollte, dass alle auf mir herumhackten. Das Problem bei mir war schon immer: Wenn ich Druck kriege, hab ich so einen Reflex, genau das Gegenteil zu machen. Aber aus der Nummer hier kam ich nicht raus. Am Dienstag würde ich jedenfalls in dieses Sportstudio gehen – nur wegen unserer Ermittlungen natürlich. Aber vielleicht würde ich ja sogar den *Fun* im MOVE FOR FUN entdecken.

Während ich Marlowe zu seinem Abendgassi ausführte, musste ich mir dann auch noch Herrn Kasimirs Betrachtungen über den Zusammenhang von Sport, Muskulatur und Kalorienverbrennung anhören. Selbst als ich mich wenig später mit Nadel und Faden abmühte, fing er wieder damit an.

»Seien Sie endlich still!«, fuhr ich ihn an. »Sonst geh ich ins Wohnzimmer rüber und lass Sie hier sitzen!«

Darauf sah er mir eine Weile schweigend zu, bis er schließlich sagte: »Lernt ihr das Nähen eigentlich nicht mehr in der Schule?«

Ich schüttelte verdrossen den Kopf.

»Das merkt man«, sagte er und gab mir damit das Gefühl, dass ich heute auf der ganzen Linie versagte.

»Reden wir über was anderes.« Damit wechselte Herr Kasimir endlich das Thema. »Konntest du Felix wegen der Flasche fragen?«

Ich biss den Nähfaden ab. »Nicht direkt, aber er hat was Interessantes gesagt.«

Nachdem ich Herrn Kasimir in kurzen Zügen über unser Gespräch orientiert hatte, trippelte er aufgeregt hin und her. »K.-o.-Tropfen! Dass ich da nicht gleich drauf gekommen bin.«

Ich runzelte die Stirn. »Meinen Sie?«

Seine Barthaare zitterten. »Durchaus möglich, gar nicht unwahrscheinlich. GHB ist eine Modedroge und leicht zu bekommen. Junge Leute wie Patrick haben da so ihre Quellen. Vielleicht findest du sogar was über seine Freunde raus und die Discotheken, die er besucht.«

Ich nickte. »Denken Sie, ich sollte versuchen an den Soforttest, von dem Felix erzählt hat, heranzukommen?«

»Ich bitte darum«, sagte Herr Kasimir. »Wirf den PC an!«

Mit den Suchwörtern *K.-o.-Tropfen* und *Schnelltest* landete ich auf Anhieb über dreitausend Treffer. Schon bald stieß ich auf einige Shops, die den Test zu erschwinglichen Preisen anboten. Doch sofort tat sich das nächste Problem auf: Wie sollte ich bezahlen? Minderjährigen wird es schwer gemacht, im Internet einzukaufen. Eine Kreditkarte besitze ich sowieso nicht. Aber dann kam mir der entscheidende Geistesblitz. Ich lese ziemlich viel, deshalb haben mir meine Eltern zum Geburtstag einen Gutschein von einem großen Online-Warenhaus geschenkt, in dem neben Büchern alles nur Erdenkliche angeboten wird. Da ich seit Bullys Verwandlung nicht mehr ganz so viel zum Lesen komme wie früher – Herr Kasimir will schließlich unterhalten werden –, besaß ich noch Guthaben. Und zu unserem großen Glück war der GHB-Test tatsächlich auch dort zu bekommen. – Offenbar gibt es eine Nachfrage, was ja eigentlich traurig ist.

»Du bist wirklich gut mit diesen Internetsachen«,

sagte Herr Kasimir, als ich den Test mit ein paar Mausklicks bestellt hatte. »Für dein Alter bist du erstaunlich gewieft.«

Meine Laune hellte sich unwillkürlich auf, obwohl ich es eigentlich blöd finde, dass seine Beurteilung sich dermaßen auf meine Stimmung auswirkt.

»Den Freitagskrimi haben wir zwar schon wieder verpasst«, sagte ich aufgeräumt. »Aber was halten Sie davon, wenn ich uns eine Tüte Nüsse besorge, und wir schauen mal, was noch so kommt.«

»Keine Nüsse«, antwortete er. »Ich hab zugenommen. Bald pass ich nicht mehr in deine Bauchtasche.«

Ich presste die Lippen zusammen und schaltete den Fernseher ein. Ohne Knabberzeug saßen wir schließlich auf meinem Bett und zappten uns bis zu einem alten Schwarz-Weiß-Film durch.

»Lass den mal!«, sagte er. »Das ist ein uralter Marlowe!«

Marlowe, der seinen Namen hörte, hob den schweren Kopf.

»Marlowe?«, wiederholte ich.

Herr Kasimir lachte. »Der Namensvetter von unserem Marlowe. Philip Marlowe ist ein Kriminalkommissar, eine Romanfigur von Philip Chandler. Die Krimis wurden x-mal verfilmt.«

Mit Schwarz-Weiß-Filmen ist das seltsam, schon nach

kurzer Zeit vermisst man die Farbe nicht mehr. Da Herr Kasimir die Story kannte, kam ich noch gut mit. Ich fand es schon immer interessant, alte Filme zu sehen. Ich meine, die hatten noch so altmodische Telefone und mussten ohne Handys und Internet auskommen. – Das stelle ich mir unheimlich schwierig vor. – Und die Männer trugen Hüte und die Frauen merkwürdige Frisuren. Aber eines fiel mir ganz besonders auf: »Mann!«, sagte ich. »Die paffen ja alle, was das Zeug hält.«

»Na und?«, antwortete Herr Kasimir. »Das war so, bis die Gesundheitsapostel kamen und den Leuten den Spaß daran verdorben haben. Die berühmten Romankommissare rauchen übrigens alle. Sherlock Holmes, Maigret, Colombo, Marlowe – wie du eben gesehen hast – dem schmeckte übrigens auch der Whiskey.« Er seufzte. »Und jetzt komm ich um, wenn du mir keine ansteckst.«

»Sie kommen um, wenn ich es tue«, gab ich zurück. »Heute war der erste Tag, an dem Sie nicht geniest haben.«

»Bevormunde mich gefälligst nicht!«, fauchte mich Herr Kasimir an.

Ich zuckte mit den Schultern. »Tut mir leid, aber diesmal bleib ich hart. Vielleicht nächste Woche …«

»Zerberus!«, giftete er. »Dann geh ich jetzt eben schlafen.«

Ohne seine Anspielung auf den Höllenhund zu kommentieren, brachte ich ihn in sein Schlafhäuschen und ging selbst auch ins Bett.

9. KAPITEL

Als ich am nächsten Morgen nach einem kurzen Morgengassi mit Marlowe in die Küche kam, lag ein Zettel auf dem Tisch.

Wir sind zum Einkaufen gefahren, kommen gegen Mittag zurück. Obstsalat steht im Kühlschrank, Kuss, Mama

Obstsalat, na super! Ein Wink mit dem Zaunpfahl. Mum konnte es einfach nicht lassen!

Ich brühte Herrn Kasimir einen schwachen Espresso auf und machte mir eine Schale Schokomüsli. Wir waren mit dem Frühstück gerade fertig, da klingelte es unten im Laden. – Wir haben auch für die Haustür verschiedene Klingelzeichen, um private von geschäftlichen Besuchen zu unterscheiden.

»Komisch«, sagte ich zu Herrn Kasimir. »Heute ist doch geschlossen.«

Es läutete erneut. Ignorieren half also nicht. Ich setzte

Herrn Kasimir auf meine Schulter und lief die Treppe hinunter, Marlowe trabte hinter uns her.

Durch das facettierte Glas der Tür erkannte ich eine weibliche Silhouette. Ich öffnete. Eine junge Frau, bleich, mit rot geweinten Augen stand mir gegenüber. »Kann ich Ihnen helfen?«, fragte ich.

»Ich muss ihn sehen!«, sagte sie heiser und machte einen Schritt vorwärts.

Doch ich wich nicht zurück. »Tut mir leid, aber wir haben heute zu, und meine Eltern sind nicht da.«

»Aber ich muss ihn sehen!«, schluchzte sie.

»Um wen geht es denn?«, erkundigte ich mich, während ich fieberhaft überlegte, wie ich sie abwimmeln konnte.

»Frank – Dr. Bellingheim.«

Dass ich ihr im Weg stand, und Marlowe sie nicht aus den Augen ließ, schien sie überhaupt nicht zu beeindrucken. Sie schob sich einfach an mir vorbei ins Foyer.

»Sind Sie eine Verwandte?«, fragte ich.

Sie schüttelte den Kopf. »Aber wir standen uns sehr nah«, sagte sie leise. »Sehr nah!«

Ich dachte, wenn ich sie loswerden wollte, sollte ich jetzt besser nicht weiter nachfragen. »Kommen Sie doch am Montag wieder«, sagte ich. »Am Wochenende ist keiner da. Außerdem glaub ich sowieso nicht, dass Sie den Toten sehen können, wenn sie nicht mal verwandt sind.«

Die Frau zitterte am ganzen Leib. Mit einer müden Geste wischte sie sich über die Stirn und ließ sich gegen die Wand sinken. »Mir ist schwindlig.« Aufstöhnend schloss sie die Augen.

Ich bekam Angst, dass sie mir kollabierte.

»Sie muss sich setzen«, hörte ich Herrn Kasimirs Stimme. »Und bring ihr ein Glas Wasser!«

Ich öffnete die Tür zu Dads Büro, bot ihr einen Stuhl an und schob ihr Papiertücher hin. »Setzen Sie sich. Ich bin gleich wieder da.«

Als ich mit einem Glas Wasser zurückkam, saß sie vornübergebeugt da und weinte leise.

Ich reichte ihr schweigend das Glas. Sie sah hoch und nahm es mit zitternden Händen entgegen. Nachdem sie einen kleinen Schluck getrunken hatte, richtete sie sich auf. »Ich muss ihn aber sehen«, sagte sie, um eine feste Stimme bemüht. »Ich muss wissen, wie er aussieht. Frank hatte keinen Unfall. Er ist ermordet worden.«

Mir stockte der Atem. Ich fühlte, wie Herr Kasimir Bullys Krallen in meine Schulter schlug. Die Frau sah mich nun direkt an, wie jemand, der sich weit vorgewagt, und nun nichts mehr zu verlieren hatte.

Was sollte ich jetzt tun? War die Frau verrückt? Ich sah auf die Uhr, es dauerte mindestens noch zwei Stunden, bis Mum und Dad heimkamen.

Ich schüttelte den Kopf. »Ich glaub, Sie irren sich. Der

Totenschein bescheinigt einen Unfall, deshalb musste der Arzt die Polizei dazuholen. Und die haben den Unfall bestätigt.«

Meine Bemerkung brachte Leben in die Besucherin. Ihre rot geweinten Augen blitzten. »Olivia ist ein Miststück. Sie hat alles so raffiniert eingefädelt, dass es wie ein Unfall aussieht. Sie hat Frank bedroht. ›Wenn du dich scheiden lässt, bring ich dich um‹, hat sie gesagt.«

Allmählich dämmerte mir, woher der Wind wehte. Vor mir saß also die Geliebte von Dr. Bellingheim. Sie war ein ganz anderer Typ als Frau Bellingheim, brünett, bestimmt zwanzig Jahre jünger, aber ansonsten von eher durchschnittlichem Äußeren.

Ich spähte aus den Augenwinkeln zu Herrn Kasimir.

Seine Barthaare bebten erregt. »Frag sie, woher sie überhaupt von dem Unfall weiß.«

»Woher wissen Sie überhaupt, dass er tot ist?«, erkundigte ich mich wunschgemäß.

Die Frau kramte ein Smartphone aus der Tasche, klickte nervös darauf herum und reichte es mir. Die E-Mail, die sie mir zum Lesen gab, ließ mich versteinern.

Es ist vorbei, du Schlampe. Der arme Frank ist heute die Treppe runtergefallen. Er ist tot. So ein Pech!

Olivia

Mir blieb die Spucke weg, das passte nun wirklich nicht zu der trauernden Witwe, die ich kennengelernt hatte. Mit einem beiläufigen Blick las ich den Namen der Besucherin. *Monja Sander.*

Stirnrunzelnd gab ich ihr das Handy zurück.

»Glaubst du mir jetzt?«, sagte Monja, die meinem Gesichtsausdruck wohl entnahm, dass ich ihre Theorie zumindest in Erwägung zog.

Ich zögerte. »Äh …«

Monja fuhr sich müde übers Gesicht. »Ich hab für Frank gearbeitet – als Sprechstundenassistentin. Er kam oft total deprimiert in die Klinik. Seine Ehe war schon seit Jahren kaputt. Das wusste jeder. Ilonka – sie putzt bei den Bellingheims und in der Klinik, ich kenne sie gut, sie hat oft erzählt, dass sich die zwei in der Wolle hatten. Irgendwann sind Frank und ich uns nähergekommen. Privat haben wir uns immer heimlich getroffen, bis sie schließlich dahinterkam und ihm die Hölle heißgemacht hat. Er wollte sich ihretwegen sogar von mir trennen.« Ihre Stimme versagte. Nach einem Aufschluchzen fuhr sie fort: »Aber wir konnten unsere Liebe einfach nicht aufgeben. Als er Olivia um die Scheidung bat, ist sie völlig ausgeflippt. – Dabei, auch das weiß ich von Ilonka, war sie selbst nicht die Treueste. Sie bekam oft Besuch von ziemlich jungen Männern. – Jedenfalls hatte Frank vor der Heirat einen Ehevertrag mit ihr gemacht. Finanziell hätte es schlecht für sie ausgesehen.«

»Und sie hat ihn wirklich bedroht?«, fragte ich.

Monja nickte. »Seither hab ich mir große Sorgen um Frank gemacht. Ich hab jeden Morgen aufgeatmet, wenn er in der Klinik erschien. Olivia ist eine frustrierte Diva, man muss ihr alles zutrauen. Sie gibt immer mit ihrer Filmkarriere an, tatsächlich hat sie nur Nebenrollen gespielt. Sie hatte schon ewig kein Engagement mehr. Sie lernte Frank bei ihrer ersten Schönheits-OP kennen – Lidstraffung, glaub ich. Keine Ahnung, was Frank an ihr fand, jedenfalls hat er sie geheiratet. Frank hat sich immer Kinder gewünscht, aber sie wollte keine.«

Monja zog ein Tuch aus der Box und wischte sich über die Augen. »Ich hätte ihm ganz bestimmt Kinder geschenkt.«

Ich fragte mich, warum sie ausgerechnet mir das alles erzählte. Ich meine, einem Teenager mit einem Meerschweinchen auf der Schulter, das sie in ihrem Kummer anscheinend noch gar nicht richtig wahrgenommen hatte. Offensichtlich gab es niemanden, dem sie ihr Herz ausschütten konnte. Ich dachte daran, was Dad gesagt hatte: Als Bestatter muss man auch ein guter Psychologe sein. Okay, das konnte ich heute definitiv üben.

»Es muss schrecklich sein, einen geliebten Menschen zu verlieren«, sagte ich sanft. »Aber an Mord glaub ich nicht. Frau Bellingheim sagte, sie habe ihn tot aufgefunden, als sie heimkam.«

Monja lachte heiser. »Wenn Olivia das sagt … Natürlich hat sie für ein Alibi gesorgt. Olivia hat freitags immer ihren großen Starauftritt in Sankt Andreas. Sie gibt dort die Solosängerin im Chor – der Endpunkt einer großen Karriere.« Sie lachte bitter. »Wie sie es gemacht hat, weiß ich noch nicht. Irgendwie hat sie es jedenfalls geschafft, Frank die Treppe runterzustoßen, vorher, nachher. Was weiß ich.«

Sankt Andreas? Ich horchte auf. Was für ein irrer Zufall! Okay, das ließ sich ja leicht überprüfen.

Monja nippte an ihrem Glas. »Frank und ich waren an diesem Abend verabredet. Aber diesmal kam er nicht. Ich wurde unruhig und hab ihn auf dem Handy angerufen. Es dauerte ewig, bis er ranging. Irgendwie wirkte er müde, seine Stimme klang anders als sonst, schleppend …« Sie wischte sich über die Augen. »Jedenfalls sagte er, Olivia hätte jetzt endlich in eine gütliche Scheidung eingewilligt. Sie hätten sogar ein Glas Champagner darauf getrunken.«

Ich erinnerte mich an die leere Flasche, die in der Küche stand, und nickte. »Aber warum sollte sie ihn dann umbringen?«

»Weil sie ein ausgekochtes Aas ist. Wer weiß, was sie ihm ins Glas geschüttet hat. Jedenfalls gab es das noch nie, dass Frank zu müde war, mich zu sehen. Zu müde!« Monja schüttelte den Kopf. »Als er mir dann nicht die übliche Gute-Nacht-Mail geschickt hat, war ich schon in Panik. – Und dann kam die Nachricht von Olivia.«

»Seltsam ist das alles schon«, meldete sich Herr Kasimir zu Wort. »Sie sollte zur Polizei gehen.«

»Warum gehen Sie nicht zur Polizei?«, fragte ich.

Monja presste die Lippen zusammen. »Pah. Was glaubst du, wo ich eben herkomme. Das war natürlich das Erste, was ich heute früh gemacht hab. Und zwar gleich zur Mordkommission. Dieser Kommissar …« Ihre Augen verengten sich. »Flatter hieß dieser aufgeblasene Affe. Der hat mich abgefertigt, als sei ich ein Fall für die Psychiatrie.«

»Flatter«, wiederholte ich. »Das wundert mich nicht, den kenn ich.«

Sie sah mich erstaunt an. »Woher?«

»Wir hatten hier mal einen mysteriösen Todesfall …«

Sie stutzte. »Engel«, sagte sie dann gedehnt. »Bist du etwa die Tochter des Bestatters, die den Mord an dem Kommissar aufgeklärt hat?«

Ich nickte verlegen.

»Wie war noch dein Name?«

»Valentine.«

Sie sah mich anerkennend an. »Das hab ich damals in der Zeitung gelesen. Das war eine starke Leistung. Wenn man dich so sieht, mit dem Kleinen – was ist das eigentlich?« Sie meinte Herrn Kasimir.

»Ein Schopfmeerschweinchen«, antwortete ich.

»Ah«, sagte sie und setzte hinzu: »Wenn man dich so mit deinem Meerschweinchen sieht, traut man dir das gar nicht zu.«

Ich lächelte schief. War das ein Kompliment oder nicht? Dann sah ich demonstrativ auf die Bürouhr. »Geht es Ihnen jetzt wieder besser? Ich muss nämlich noch mal mit Marlowe raus.«

Marlowe, der neben mir lag, setzte sich gespannt auf. Sie ignorierte meinen Vorstoß. »Valentine, du hattest doch selbst schon mal mit einem Mordfall zu tun. Versteh doch, ich muss Frank sehen! Bitte bring mich zu ihm!«

»Das darf ich nicht«, sagte ich entschieden. »Sie würden sowieso nichts sehen. Was erwarten Sie? Den Toten steht nicht auf der Stirn geschrieben, wie sie gestorben sind.«

Monja sackte wieder in sich zusammen. »Aber ich brauch Beweise. Ich muss es doch irgendwie beweisen!«

Ich legte ihr die Hand auf die Schulter – ich hab mal irgendwo gelesen, dass das beruhigt. »Ich mach Ihnen einen Vorschlag: Am Montag, wenn unser Angestellter da ist, der sich um die Verstorbenen kümmert, seh ich mir Herrn Bellingheim an. Wenn ich was Ungewöhnliches entdecke, sag ich Ihnen Bescheid.«

»Dein Vater wird mich wohl auch nicht zu ihm lassen?«, fragte sie leise.

Ich schüttelte energisch den Kopf. »Hundertpro nicht.«

Sie stand zögernd auf, fummelte eine Karte aus der Handtasche und gab sie mir. »Hier, so kannst du mich erreichen.« Sie sah mich unsicher an. »Du meldest dich doch?«

»Mach ich.« Damit steckte ich ihre blümchenverzierte Visitenkarte in die Hosentasche und begleitete sie zur Tür.

Als sie endlich gegangen war, fühlte ich mich wie vor den Kopf geschlagen. Hatten wir es nun wirklich mit dem zweiten Mordverdacht innerhalb einer Woche zu tun?

»Was denken Sie?«, sagte ich zu Herrn Kasimir, während ich Marlowe die Leine anlegte.

»Das weiß ich noch nicht«, antwortete er. »Lass uns erst mal rausgehen. Obwohl ich bezweifle, dass frische Luft meine Gehirnzellen so effektiv ankurbeln kann wie Nikotin. Aber auf eine Zigarette kann ich ja wohl nicht hoffen.«

»So ist es«, sagte ich ungerührt.

»Bild dir bloß nichts ein!«, fauchte er mich an. »Wenn ich könnte, wie ich wollte …«

»Können Sie aber nicht«, gab ich zurück und stülpte ihm seinen Ringelpulli über.

Er blitzte mich aus Bullys Kulleraugen wütend an, was sehr süß aussah – ich verkniff mir nur mit Mühe ein Lächeln.

»Ich ziehe es vor, heute auf Marlowe zu reiten«, zischte er.

Ich zuckte mit den Schultern. »Wie Sie wollen.« Okay, er war beleidigt – und wenn schon, es gab jetzt definitiv andere Probleme.

Ich schlug den Weg zum Humboldtpark ein, einer kleinen Parkanlage, die nicht weit von uns entfernt ist. Herr Kasimir sprach nicht mit mir, er saß auf Marlowes breitem Rücken und starrte stumm vor sich hin.

Es war wärmer geworden, das hatte die Menschen ins Freie gelockt. Auf der großen Wiese kickten ein paar Jugendliche, auf den Bänken saßen alte Leute und blinzelten in die Sonne. Wie so oft folgten uns belustigte Blicke. Einen Bluthund, der ein Meerschweinchen, noch dazu eines im Ringelpulli, trug, sah man nicht alle Tage.

In meinem Kopf ratterte es, verdammt, wir mussten entscheiden, ob wir etwas unternehmen sollten. Nachdem wir uns eine Weile angeschwiegen hatten, sagte ich: »Sind Sie noch sauer?«

Er sah zu mir hoch. »Ich bin nicht sauer. Ich mag es nur nicht, wenn du bossy bist.«

»Wer von uns ist denn bossy?«, wehrte ich mich. »Sie meckern doch andauernd an mir rum.«

»Nur wenn es nötig ist«, sagte er.

Ich verdrehte die Augen. »Und ich will auch nur Ihr Bestes.«

Damit peilte ich ein Stück Rasen an, wo die Gefahr, von einem Ball umgepustet zu werden, gering war, und ließ mich fallen. Marlowe blieb unschlüssig stehen. »Platz!«, befahl ich. »Wir machen eine kleine Pause.«

Dann pflückte ich Herrn Kasimir von seinem Rücken und setzte ihn ins Gras, mitten in ein Nest von Gänseblümchen. Marlowe legte seinen schweren Kopf auf meine Knie. Ich tätschelte ihn und war froh, dass sich in Marlowes Schädel nur ein Hundegehirn befand. Herrn Kasimirs Empfindlichkeiten machten es mir nicht immer leicht, mit ihm auszukommen.

»Und?«, fragte ich schließlich. »Was halten Sie von dieser Monja?«

Mein Begleiter knabberte abwesend an einem Blütenkopf, was ich amüsiert beobachtete, aber nicht kommentierte. »Sie wirkte authentisch, würde ich sagen. – Verrückt ist sie jedenfalls nicht.«

Ich nickte. »Aber schon wieder ein unentdeckter Mord – das ist doch wirklich zu unwahrscheinlich.«

»Welchen Eindruck hattest du eigentlich von dieser Frau Bellingheim?«, erkundigte er sich.

Ich dachte kurz nach. »Na ja, sie weinte laut – sie schien wirklich um ihn zu trauern. Anders jedenfalls als Frau Knappmann.«

»Nun, sie ist Schauspielerin«, sagte er.

Das stimmte. Ich dachte daran, dass sie irgendwie maskenhaft gewirkt hatte. Lag das am Ende nicht nur an ihren Schönheitsoperationen? Andererseits hatte sie ebenso rot geweinte Augen wie Monja, der ich die Trauer hundertpro abkaufte.

Ich nickte. »Aber eines ist doch komisch, beide Männer starben, während ihre Frauen im Chor waren. Gibt es solche Zufälle?«

Herr Kasimir hatte das Gänseblümchen inzwischen bis zum Stiel verputzt. Er schluckte den Rest hinunter und sah hoch. »Ob das Zufall ist, wissen wir nicht. Zufall wäre es, wenn es keinen kausalen Zusammenhang zwischen den beiden Ereignissen gäbe. Wir können momentan weder das eine noch das andere ausschließen.«

Ich hob die Augenbrauen. »Und das heißt?«

Er angelte mit der Pfote nach einem weiteren Blütenkopf. »Da wir nichts Konkretes in der Hand haben, gibt es auch keine Strategie. Vielleicht irrt sich die Geliebte, und der Mann hatte tatsächlich einen Unfall – Drohung hin oder her. Tu, was du versprochen hast, und schau dir den Toten an. Ich werde ihn mir auch ansehen. – Auch wenn ich wenig Hoffnung hab, aber womöglich fällt uns ja doch was an ihm auf.«

»Vielleicht erfahre ich am Montag noch was von Frau Kuckelkorn«, sagte ich. »Sie müsste die Witwe vom Chor her eigentlich kennen.«

Herr Kasimir mümmelte andächtig an seinem zweiten Gänseblümchen.

»Schmeckt's?«, erkundigte ich mich.

Er fuhr hoch und spuckte in hohem Bogen aus. »Igitt!«

Ich prustete los. »Was ist denn?«

»Was ist?«, schnauzte er mich an. »Macht es dir wenigstens Spaß, mich Unkraut fressen zu lassen?«

Ich bemühte mich, ernst zu bleiben. »Sie sind ein Meerschweinchen, die fressen für ihr Leben gern Gänseblümchen. Das ist ein Instinkt.«

Herr Kasimir richtete sich auf. »Ich bin KEIN Meerschweinchen. Ich bin ein altgedienter Kriminaloberkommissar und meine Instinkte sind ausschließlich der Aufklärung von Verbrechen vorbehalten.«

Ich musste mich schwer zusammenreißen, nicht wenigstens ein Schmunzeln rauszulassen. Er sah so unglaublich niedlich aus, wie er da in seinem Ringelpulli mit dem verwegenen Schopf vor mir Männchen machte.

Ich räusperte mich. »Jedenfalls schaden Ihnen die Gänseblümchen nicht, Oma Engel gibt im Sommer oft welche in den Salat.«

Er sah mich zweifelnd an. »Wirklich?«

Ich nickte. »Sie kennt sich mit Wildkräutern super aus.«

Dass ich offenbar auch schon Gänseblümchen gegessen hatte, versöhnte ihn etwas. Misstrauisch musterte er die kleine Wildstaude neben sich. »Hoffentlich hatte kein Hund draufgemacht.«

»Das hätten Sie geschmeckt«, sagte ich.

Er stöhnte auf. »Lassen wir das Thema! Es gibt momentan Wichtigeres.«

Ich stand auf. »Da haben Sie recht, aber vor Montag können wir eh nichts unternehmen.« Marlowe erhob sich schwerfällig und wedelte erwartungsvoll mit dem Schwanz.

Herr Kasimir sah zu mir hoch. »Da wir heute nichts Besseres zu tun haben, könntest du mir mal zeigen, wo die Bellingheims wohnen. Wenn ich Bilder vom Schauplatz hab, kann ich den Fall besser einschätzen.«

Ich verzog den Mund. »Okay, aber zum Villenviertel rüber ist es ein Gewaltmarsch.«

»Das macht gar nichts«, sagte er.

»Ihnen nicht, Sie werden getragen«, gab ich zurück.

»Ich würde weiß Gott lieber auf meinen eigenen zwei Beinen herumspazieren«, sagte er so düster, dass ich meine schnippische Bemerkung gleich bereute.

Ich setzte ihn auf die Schulter, und überlegte, wie ich

ihn wieder aufmuntern konnte. »Wichtig ist nicht die Länge Ihrer Beine, sondern Ihr hervorragender Verstand«, sagte ich schließlich. »Es macht mir gar nichts aus, Ihnen ab und zu meine Beine zu leihen.«

»Danke, das hast du schön gesagt.« Seine Stimme klang gerührt.

10. KAPITEL

Nach einem halbstündigen Fußmarsch lösten frei stehende Häuser die enge Bebauung der Innenstadt ab. Von der Beethovenstraße an wurden die Villen pompöser. Jetzt war es nicht mehr weit bis zur Haydnstraße. In der Einfahrt zu Nummer 54 stand heute ein weißer Sportwagen.

»Nicht schlecht«, sagte Herr Kasimir, als ich anhielt. »Man hat Geld und zeigt es gern. Ja, so ein Ambiente gibt niemand gern auf.«

Durch eine Lücke in der Thujenhecke spähten wir in den Garten.

Die bellingheimsche Katze spazierte über den makellosen Rasen und verschwand auf dem Nachbargrundstück. Marlowe beobachtete sie ebenso interessiert wie diszipliniert. Wieder einmal war ich dankbar, dass er so gut erzogen war. Jeder andere Hund hätte jetzt gekläfft und die ganze Nachbarschaft auf den Plan gerufen. Ich legte wirklich keinen Wert darauf, dass Frau Bellingheim mich hier antraf.

»Reinrassiger Perser. Eine Hauskatze tut's natürlich nicht«, bemerkte Herr Kasimir.

Allmählich hatte ich Hunger. »Haben Sie jetzt gesehen, was Sie sehen wollten?«, fragte ich.

»Hm«, sagte er unzufrieden. »Ich habe wenigstens einen Eindruck, wenngleich unser Besuch nicht sehr ergiebig war.«

Ich seufzte. Für diesen wenig ergiebigen Besuch musste ich jetzt mit leerem Magen einen kilometerlangen Heimweg auf mich nehmen. Missmutig stapfte ich los.

Doch dann geschah etwas, das unseren Besuch mehr als rechtfertigte.

Ich bog gerade in die Beethovenstraße, als uns auf der Straße eine Radfahrerin entgegenkam. Normalerweise hätte ich sie gar nicht beachtet. Aber ihr roter Haarschopf löste in mir sofort Alarm aus.

Ich wendete den Kopf ab, dass sie mich nicht erkannte.

»Mann«, raunte ich. »Das ist Frau Knappmann. Ich fress einen Besen, wenn die nicht zu ihrer Chorfreundin will.«

Herr Kasimir pfiff erregt. »Kehr um, das will ich sehn.«

Ich rannte los. Als wir Minuten später wieder vor der Nummer 54 standen, parkte das bescheidene Rad von

Frau Knappmann neben dem Sportwagen. Wir hörten noch, wie eine Frauenstimme sagte: »Gut, dass du gekommen bist, Rita.« Dann schloss sich die Haustür.

»Ich muss da rein«, sagte Herr Kasimir erregt. »Dieser Besuch könnte ein Hinweis für einen Zusammenhang zwischen den Todesfällen sein.«

»Könnte!« Ich versuchte, ihn zu bremsen. »Ist das nicht ein bisschen weit hergeholt? Vielleicht besucht sie ihre Chorkollegin nur, um sie über den Verlust zu trösten. Immerhin hat sie das Gleiche auch erst durchgemacht.«

»Wie auch immer, wir müssen wissen, was hinter diesen Mauern gesprochen wird«, antwortete er. »Beste Freundinnen erzählen sich grundsätzlich alles. Frauen sind nun mal Plaudertaschen.«

Ich warf ihm einen vorwurfsvollen Blick zu. »Moment mal, das ist frauenfeindlich! Außerdem – ich bin nicht so.«

»Du hast auch keine Freundinnen«, gab Herr Kasimir zurück.

Ich schluckte. Da hatte er allerdings recht.

Herr Kasimir starrte nachdenklich auf das Haus. »Wie komme ich da am besten rein?«

Ich schüttelte den Kopf. »Gar nicht! Das Risiko ist viel zu groß. Schon wegen der Katze.«

»Unsinn, die Katze ist unterwegs«, sagte er, während er sich auf die Hinterbeine stellte, um durch unsere Lücke in der Hecke weiter ins Grundstück sehen zu können. »Apropos Katze: Katzen haben doch für gewöhnlich Türklappen.«

Ich seufzte, er würde sich jetzt durch nichts von seinem Vorhaben abbringen lassen. »Die hier auch«, sagte ich unwillig. »In der Küchentür auf der Rückseite des Hauses ist eine. – Wollen Sie das wirklich wagen?«

»Frag nicht, nimm mir lieber den Ringelpulli ab! Das knallbunte Ding hat nicht grade Tarnfarbe.« Seine Stimme klang ungeduldig.

Ich ging in die Hocke, setzte ihn schweren Herzens auf den Boden und folgte seinem Wunsch. »Und wenn Sie wieder niesen müssen?«

Er sah zu mir hoch. »Dank der magischen Tropfen habe ich schon gestern nicht mehr geniest. – Es ist zwar schön, dass du dir Sorgen um mich machst, aber vergiss nicht, ich bin ein alter Hase im Polizeidienst! – Warte hier auf mich und drück mir die Daumen!«

Damit verschwand er unter der Hecke. Ich sah ihn als schwarzen Punkt über den Rasen huschen, bis er hinter der Hausecke verschwand.

Dann wartete ich. Wartete und wartete, ging mit Marlowe auf und ab. Zählte die Bordsteine. Versuchte, mich mit einem Spiel auf dem Smartphone abzulenken. Warten gehört definitiv nicht zu meinen größten Stärken.

Nach zwanzig Minuten begann ich, unruhig zu werden. Immer wieder spähte ich in den Garten, aber der schwarze Punkt kam nicht zurück. Zuerst redete ich mir gut zu. Dass es so lange dauerte, wies hoffentlich darauf hin, dass er mit interessanten Informationen zurückkommen würde. Doch mit jeder weiteren Minute steigerte sich mein Unbehagen. Vielleicht war ihm etwas zugestoßen. Ich überlegte schon, unter welchem Vorwand ich klingeln konnte, als die weiße Katze hinterm Haus hervorschoss. Etwas Schwarzes rannte vor ihr her und fiepte um sein Leben.

»Herr Kasimir«, brüllte ich. Was natürlich nichts nützte. Ich musste hilflos zusehen, wie die Katze den armen Herrn Kasimir aufs Nachbargrundstück trieb, wo sich Jäger und Gejagter meinem entsetzten Blick entzogen. Wie versteinert stand ich auf dem Gehweg und fragte mich, was ich jetzt tun sollte. Marlowe, der meine Panik instinktiv fühlte, sah zu mir hoch.

»Wir müssen ihn finden«, sagte ich, und lief, noch unentschlossen, wie ich das anstellen sollte, zur benachbarten Einfahrt. Die Villengrundstücke grenzten alle aneinander an. Erst hinter den Gebäuden erstreckten sich die eigentlichen Gärten. Ohne das fremde Grundstück zu betreten, kam ich also nicht weiter. Egal, ich musste es wagen, auch auf die Gefahr hin, entdeckt zu werden. Irgendwas würde mir dann schon einfallen.

Mit dem Mut der Verzweiflung betrat ich das Nachbargrundstück und ging die Buschreihe entlang, unter der Herr Kasimir und seine Jägerin verschwunden waren. Doch weder von ihm noch von der weißen Perserkatze war irgendetwas zu sehen oder zu hören. Meine Möglichkeiten waren nun erschöpft.

Jetzt war Marlowe dran. Ich kramte den Ringelpulli hervor und ließ ihn daran schnuppern. »Such, Marlowe! Such!« Marlowe nahm auf der Stelle Spannung an. Nachdem er das Strickding ausgiebig beschnüffelt hatte, zog er heftig an der Leine. Ich folgte ihm gespannt. An einem Haselnussbusch blieb er stehen, seine Nasenflügel bebten. Er hatte die Spur also aufgenommen. Von da an kam ich ihm kaum nach, so eilig hatte er es. Schwanzwedelnd rannte er zum anderen Ende des Grundstücks, wo uns ein niedriger Zaun den Weg versperrte. Unter größter Anstrengung bugsierte ich den schweren Hund in den nächsten Garten und ließ mich, schon jetzt völlig außer Atem, von ihm weiterziehen. Wir durchquerten auch dieses Anwesen und noch das nächste, bis Marlowe wütend anschlug und sich wie wild gebärdete. Vor einem Holzstoß saß die weiße Katze. Sie drehte den Kopf und starrte uns aus himmelblauen Augen feindselig an. Ich ließ Marlowe von der Leine. Er stürzte auf die Katze zu und blieb eine Armlänge vor ihr stehen. Sie erhob sich zu einem Katzenbuckel und fauchte drohend. Als der große Hund sich davon nicht einschüchtern ließ, sondern unmissverständlich knurrte, zog sie schließlich doch den Rückzug vor. Kaum hatte sie sich davongemacht, kratzte Marlowe wie ein Verrückter an dem Holzstapel. Ich pfiff ihn zurück.

»Herr Kasimir?«, rief ich bang. »Sind Sie da drin? – Die Katze ist weg.«

Es raschelte hinter den Scheiten, dann spitzte eine Fellnase hervor.

Ich sackte auf die Knie, nahm ihn erleichtert hoch und drückte ihm einen spontanen Kuss aufs Fell, worauf ihm Marlowe, glücklich mit dem Schwanz wedelnd, über den Rücken leckte.

»Haben mich nun alle abgeschleckt?«, erkundigte sich Herr Kasimir verdrossen.

Mit einem verlegenen Lächeln tätschelte ich Marlowe. »Gut gemacht! Bist ein guter Hund.«

Er sah mich erwartungsvoll an, Lob war ja ganz nett, aber wo blieb sein Belohnungskäse. Ich seufzte. »Käse gibt's erst zu Hause. – Wer rechnet denn mit so was?«

Dann setzte ich Herrn Kasimir auf meine Schulter und richtete mich auf.

Ehe wir noch dazu kamen, uns über sein Abenteuer zu unterhalten, hörte ich eine Männerstimme hinter mir. »Was hast du hier verloren?«

Ich wirbelte erschrocken herum, und nahm Marlowe, der den Fremden misstrauisch anknurrte, kürzer an die Leine.

»Äh …«, stammelte ich und wandte dem Fremden die Schulter mit Herrn Kasimir zu. »Mein Meerschweinchen ist mir weggelaufen. Es hatte sich unter Ihrem Holzstapel verkrochen.«

Der alte Herr runzelte die Stirn. »Du hättest läuten können.«

»Entschuldigung«, murmelte ich. »Kommt nicht wieder vor.«

»Das bezweifle ich, wenn du das Tier mit dir herumschleppst. Artgerechte Haltung ist was anderes.« Er schüttelte den Kopf. »Dann geh jetzt und bring die arme Kreatur in ihren Käfig zurück.«

Ich nickte stumm. Was wusste er schon von der artgerechten Haltung eines ehemaligen Kriminaloberkommissars.

Ohne mich auf ein weiteres Gespräch einzulassen, beeilte ich mich, vom Grundstück zu kommen.

Wieder auf dem Gehweg atmete ich erst richtig auf. »Mann, ich war fast verrückt vor Sorge. Sind Sie okay?«

»So okay, wie man sich eben fühlt, wenn man von einer Raubkatze verfolgt worden ist«, sagte Herr Kasimir. »Viel wäre vermutlich nicht von mir übrig geblieben, wenn sie mich erwischt hätte.«

Ich fröstelte. »Hören Sie auf!«

»Reg dich ab! Glück gehört zum Geschäft«, sagte Herr Kasimir. »Polizeiarbeit ist nun mal gefährlich. Jahr für Jahr werden unzählige Polizisten im Dienst verletzt. Und leider kommen immer wieder welche zu Tode.«

Darüber hatte ich noch nie nachgedacht. Es gehörte wirklich verdammt viel Mut dazu, bei der Polizei zu arbeiten. Ich dachte an unseren ersten Fall – schon damals waren wir in eine brenzlige Situation geraten. Und trotzdem riskierten wir jetzt wieder Kopf und Kragen – Herr Kasimir zumindest. Wieso eigentlich?

»Es geht um Recht und Gerechtigkeit«, sagte er, als hätte er meine Gedanken gelesen – was übrigens tatsächlich manchmal vorkommt, wenn ich sehr aufgewühlt bin. Wann genau, weiß ich blöderweise bis heute nicht.

»Es muss Menschen geben, die hinsehen, wenn andere zu Schaden kommen«, fuhr er fort. »Das ist nichts für schwache Nerven. Reg dich ab, es ist ja alles gut gegangen. Und der Einsatz hat sich gelohnt. – Willst du nicht hören, warum?«

Ich nickte, während ich mir wünschte, wenigstens halb so starke Nerven wie mein Begleiter zu haben. »Schießen Sie los!«

Was er mir auf dem Heimweg berichtete, versuche ich im Folgenden so genau wie möglich wiederzugeben:

Herr Kasimir war durch die Katzenklappe unbeschadet in die Küche gelangt und von dort durch die angelehnte Tür ins Wohnzimmer. Die beiden Frauen saßen auf dem Sofa. Frau Bellingheim öffnete gerade eine Champagnerflasche, goss ihrer Chorfreundin ein und hob das Glas. »Auf den Neubeginn! Die Tickets für unsere Kreuzfahrt sind übrigens schon vor zwei Wochen gekommen.«

Frau Knappmann nickte. »Ich hoffe, die Versicherung zahlt schnell, dann überweis ich dir das Geld.« Sie trank in einem Zug ihr Glas aus. »Ich bin so froh, dass ich es hinter mir hab. Und dass es gelaufen ist, wie es ist.«

Frau Bellingheim lachte. »Glück gehabt, liebe Rita. Trinken wir auf das Happy End! Für den guten Frank und dieses Miststück ist es zwar nur ein Ende, aber mich macht es ziemlich happy.«

Herr Kasimir hielt inne.

Ich bekam Gänsehaut. »Mann, kalt wie Eis!«, stieß ich aus. »Allen hat sie die trauernde Witwe vorgegaukelt. Ich bin auch auf sie reingefallen. Monja hatte also den richtigen Riecher. – Und dann …?«

»Und dann«, fuhr Herr Kasimir fort, »stolzierte plötzlich die Perserkatze ins Wohnzimmer. Während die Bellingheim ihren schnurrenden Liebling auf den Schoß nahm, habe ich versucht, mich zurück in die Küche zu verkrümeln, leider hat das Mistvieh scharfe Augen. Es sprang auf den Teppich und verfolgte mich.«

»Haben die beiden Frauen Sie auch entdeckt?«, fragte ich.

»Keine Ahnung«, antwortete Herr Kasimir. »Ich hatte andere Probleme. Ich konnte mich mit Müh und Not durch die Katzenklappe ins Freie retten, den Rest kennst du.«

Ich seufzte. »Schade, dass Sie gestört wurden.«

»Ja, das ist wirklich ärgerlich«, gab er zurück. »Trotzdem sind wir ein ganzes Stück weiter.«

»Zwei Freundinnen, zwei schlechte Ehen, zwei Todesfälle«, sagte ich nachdenklich. »Was denken Sie?«

»Zwei hasserfüllte Ehefrauen, zwei solide Motive, zwei bombenfeste Alibis«, antwortete Herr Kasimir. »Kennst du eigentlich den Film *Zwei Fremde im Zug*?«

Ich schüttelte ungeduldig den Kopf. Über Filme wollte ich mich jetzt echt nicht unterhalten.

Aber er fuhr fort: »Ein Krimi aus den 50er-Jahren, Alfred Hitchcock war ein Meister des Thrillers. Mama und ich hatten alle seine Filme auf DVD.«

»Und?«, fragte ich genervt.

»Das wirst du gleich hören«, sagte er. »In dem Film trifft ein bekannter Tennisspieler im Zug auf einen Fremden. Der Unbekannte hat in der Presse von den Eheproblemen des Promis gelesen und bietet ihm nun an, dessen Frau zu ermorden, wenn der im Gegenzug seinen verhassten Vater aus dem Weg räumt.«

Ich blieb stehen. Schlagartig war mir klar, worauf er hinauswollte. »Sie meinen, die Frauen haben sich abgesprochen?«

»An diese Möglichkeit muss man zumindest denken«, sagte Herr Kasimir. »Frag Frau Kuckelkorn, ob die Knappmann am Freitagabend im Chor war.«

Ich nickte. »Dann versuch ich auch gleich herauszufinden, ob die Bellingheim vorletzten Freitag dort war, als Herr Knappmann gestorben ist.«

»Das ist der Plan«, antwortete Herr Kasimir. »Ich fürchte tatsächlich, wir haben es hier mit einem Doppelmord zu tun.«

»Aber mal rein praktisch gesehen«, wandte ich ein. »Wie kann eine zierliche Frau wie Frau Knappmann allein einen so großen Mann die Treppe runterschubsen?«

Herr Kasimir dachte einen Moment nach. »Der Einwand ist berechtigt. Aber hat Monja nicht gesagt, er hätte bei ihrem letzten Telefonat eigenartig schleppend gesprochen?«

»Sie hatte ja schon den Verdacht, dass Frau Bellingheim ihm was ins Glas geschüttet hat«, sagte ich. »Aber irgendwie macht das keinen rechten Sinn. Ich meine, der Mann wird müde und legt sich oben im Schlafzimmer ins Bett. Selbst wenn er sich nicht mehr wehren konnte, Frau Knappmann kann ihn unmöglich bis zur Treppe geschleift haben. Er ist definitiv zu schwer.«

»Das kann ich dir auch nicht beantworten«, gab Herr Kasimir zu. »Ehe wir uns weiter den Kopf darüber zerbrechen, sollten wir zusehen, dass wir an die Champagnerflasche kommen. Wenn die beiden Todesfälle wirklich zusammenhängen, ist wahrscheinlich auch die Vorgehensweise ähnlich. Da du den Schnelltest ohnehin bestellt hast, wäre das ein Aufwasch.«

Ich stöhnte auf. »Super Idee. Ich klingle und lass mir die Flasche geben.«

»Unsinn«, fuhr mir Herr Kasimir über den Mund. »In der Küche stand ein Korb mit leeren Flaschen, bestimmt ist es Sache der Putzfrau, das Altglas wegzubringen. – Wie sagte Monja doch, wie sie heißt?«

»Ilonka, glaub ich«, sagte ich. »Aber dann muss ich Monja einweihen. Nur sie kann mit dieser Ilonka reden.«

Herr Kasimir schwieg für einen Moment. »Es missfällt mir zwar, jemanden, der persönlich betroffen ist, in die Ermittlungen einzubeziehen. Aber ich fürchte, wir kommen nicht darum herum, zumal sie die Einzige ist, die Flatter einschalten kann, wenn sich unser Verdacht bestätigt. – Leider kommen wir letztendlich wieder nicht um diese Nulpe von Kommissar herum.«

Für ihn war es inzwischen ausgemacht, dass wir einem Doppelmord auf der Spur waren. Offen gestanden schwanden allmählich auch meine Zweifel. Denn noch etwas hatte mein Misstrauen geweckt, und das sprach ich jetzt an: »Ist es nicht komisch, dass die Knappmann eine Kreuzfahrt gebucht hat, ehe ihr Mann tot war? Ich meine, die waren so gut wie pleite.«

»Gut beobachtet«, sagte Herr Kasimir. »Ein weiteres Indiz für ein von langer Hand geplantes Verbrechen.«

»Jedenfalls glaub ich inzwischen nicht mehr, dass Patrick etwas wusste«, sagte ich. »Dann muss ich zum Glück auch nicht in das blöde Sportstudio gehen.«

Herr Kasimir schnaubte. »Natürlich gehst du dahin! Abgesehen davon, dass es in deinem eigenen Interesse liegt, ist es durchaus denkbar, dass Patrick den Frauen irgendwie geholfen hat. Und vergiss nicht: Er hat kein Alibi für den Freitagabend, an dem sein Stiefvater umgekommen ist.«

Ich zog einen Flunsch. Um das Studio kam ich also nicht herum. Warum waren alle nur so versessen darauf, dass ich Sport machte?

Als wir nach Hause kamen, schmückte Mum gerade einen Strauß Forsythien mit Ostereiern. Sie begrüßte mich mit einem vorwurfsvollen Blick. »Wo warst du denn? Dein Essen ist jetzt jedenfalls kalt. Warum schaltest du eigentlich dein Handy aus, wenn du unterwegs bist?«

»Oh!« Ich zog das Smartphone aus der Hosentasche. »Sorry, es stand auf Vibrieren. Marlowe und ich haben nur einen längeren Spaziergang gemacht, das Wetter war heute so schön.«

Mum lächelte zufrieden. »Schön, dann hast du dich wenigstens bewegt.« Sie zeigte auf die Eckbank. »Da in der Tüte ist eine Überraschung für dich.«

Schon die Aufschrift *Sporthaus*, ließ mich Schlimmes ahnen.

Wenig begeistert zog ich ein pinkfarbenes Funktionsshirt und Boxershorts heraus.

Mum sah mich gespannt an. »Gefallen dir die Sachen?«

»Äh, ja«, log ich. »Danke.«

Mum nickte. »Fürs Sportstudio. Probier die Hose mal an. Ich dachte, die kaschiert deine Problemzonen besser als eine Leggins.«

Ich verdrehte die Augen. »Später.« Damit öffnete ich schon den Kühlschrank, schnappte mir einen Beutel Minisalamis und biss gleich in eine rein.

»Es sind auch Äpfel da«, bemerkte Mum.

»Isch weisch«, murmelte ich mit vollem Mund und angelte ein Stück Emmentaler heraus.

Mum hob die Augenbrauen. »Valentine!«

Ich zuckte mit den Schultern und ging mit dem Proviant in mein Zimmer. Dass der Käse gar nicht für mich, sondern für Marlowe war, behielt ich für mich. Mum sieht es nicht gern, wenn ich den original Schweizer Käse an ihn verfüttere.

Während Marlowe die späte Belohnung gierig in Empfang nahm, ohne vermutlich noch den Zusammenhang zu seinem Sucherfolg herstellen zu können, nahm Herr Kasimir an diesem Tag kaum mehr etwas zu sich. Er verschlief den ganzen Nachmittag auf dem Teppich und wollte schon am frühen Abend zu seinem Schlafhäuschen gebracht werden. Die Verfolgungsjagd hatte ihn doch mehr angestrengt, als er zugeben wollte.

11. KAPITEL

Nicht nur, weil ich Muskelkater von dem ungewohnt langen Fußmarsch gestern hatte, sondern auch, weil es fast den ganzen Tag regnete, verbrachten wir den Sonntag zu Hause. Von Dad wusste ich, dass die Beerdigung von Dr. Bellingheim nicht vor Mittwoch stattfinden würde. Seine Frau plante offenbar eine aufwendige Trauerfeier mit offener Aufbahrung, am Montag würde sie alles genau festlegen.

»Merkwürdig«, sagte ich zu Herrn Kasimir. »Warum macht sie das?«

»Damit jeder sieht, wie schrecklich sie leidet«, antwortete er. »Das macht sie doch über jeden Verdacht erhaben. Sie will alle Lügen strafen, die über den wahren Zustand ihrer Ehe Bescheid wussten.«

Mir fiel ein, was Monja über sie gesagt hatte: Ja, Olivia hatte alles raffiniert eingefädelt – bis zum letzten Akt.

Am Montagvormittag wartete ich oben am Fenster, dass Frau Bellingheim kam. Gegen zehn Uhr hielt ihr weißer Sportwagen. Eine schlanke Frau in einem schwarzen, ziemlich kurzen Etuikleid stieg aus und schlich mit gesenktem Kopf aufs Haus zu. Dann läutete es unten. Erst kurz vor zwölf hörte ich den Wagen wieder wegfahren.

Ich lief hinunter und klopfte an Frau Kuckelkorns Tür. Sie rief mich hinein.

»Haben Sie meinen Vater gesehen?«, erkundigte ich mich, obwohl ich ganz genau wusste, dass er außer Haus war.

Sie schüttelte den Kopf. »Der ist heute Vormittag bei der Friedhofsverwaltung.«

»Ist Frau Bellingheim eigentlich schon da gewesen?«, fragte ich scheinheilig. »Ich war nämlich bei der Abholung dabei.«

Frau Kuckelkorn nickte beklommen. »Sie ist völlig aufgelöst. Stell dir vor, sie singt auch im Chor! Es ist kaum zu fassen, schon der zweite plötzliche Todesfall. Noch dazu sind die Witwen enge Freundinnen. – Wir werden uns wohl eine andere Solosängerin für die Ostermesse holen müssen. Olivia wird vermutlich kaum in der Lage sein, so schnell wieder aufzutreten. Auch Rita ist nach dem Tod ihres Mannes weggeblieben. Verständlich. Aber es wird schwer sein, Ersatz zu finden.« Sie sah mich erwartungsvoll an. »Kannst du eigentlich singen? Wir suchen immer Nachwuchs.«

Ich hob abwehrend die Hände. »Ich singe wie ein Rabe im Stimmbruch.«

»Schade«, sagte Frau Kuckelkorn. »Na ja, der Chorleiter dachte schon länger dran, Olivia zu ersetzen, ihre Starallüren waren ein Problem. Wenn sie keine Lust hatte, kam sie einfach nicht. Das geht halt nicht, wenn man partout das Solo singen will. Gestern war sie seit Längerem mal wieder da – und dann kommt sie heim und findet ihren toten Mann.« Sie schüttelte gedankenvoll den Kopf. »Genau wie bei Rita. – Eine schreckliche Duplizität der Ereignisse. Nicht schön.«

»Sie mögen Frau Bellingheim wohl nicht besonders?«, sagte ich.

Frau Kuckelkorn lächelte schief. »Nein, so würde ich das jetzt nicht sagen. Aber ich hab mich schon immer gewundert, warum Rita so an ihr hängt. Die zwei sind dermaßen verschieden. Ich hatte immer das Gefühl, dass Olivia Rita dominiert. Rita hängt an ihren Lippen, egal was sie von sich gibt. Wehe, einer sagt was gegen Olivia – Rita nimmt sie immer in Schutz.«

Ich dachte unweigerlich an zwei Mädchen in meiner Klasse. Ann-Marie, der Superstar mit dem Puppengesicht, die immer bühnenreif gestylt zum Unterricht kommt. Und Greta, das Mauerblümchen, die glücklich ist, wenn sie ihr die Tasche tragen darf. Warum, war mir schon immer völlig schleierhaft, zumal Ann-Marie die kleine graue Greta dauernd vor den anderen bloßstellt, und für ein paar billige Lacher Witze über sie macht. Vielleicht nimmt Greta das in Kauf, weil sie hofft, dass ein bisschen Glitzer auf sie abfärben könnte – und merkt gar nicht, dass es ein Aschenregen ist, der sie nur noch grauer erscheinen lässt.

Ich nickte. »Es gibt so ungleiche Paare. Allein wie unterschiedlich die Familien wohnen. Die Villa der Bellingheims sieht aus wie aus einem Wohnmagazin gefallen.«

Frau Kuckelkorn, die Unterlagen in einen Ordner zurücksortierte, zeigte mir einen Sargprospekt. »Auch die letzte Ruhestätte muss natürlich exklusiv sein. Sie hat den *New York* ausgesucht. – Den haben wir noch nie verkauft.«

»Den *New York*«, wiederholte ich und dachte, dass Dad sicher zufrieden mit dieser Wahl war. Der moderne Designersarg in schwarzem Klavierlack gehörte zu den schwer verkäuflichen Spitzenmodellen.

»Olivia muss ihren Mann wohl sehr geliebt haben, auch wenn man so manches munkeln hörte«, fuhr Frau Kuckelkorn nachdenklich fort. »Einen schönen Mann hat man halt nicht für sich allein. Das hat schon meine Großmutter immer gesagt. – Das kannst du dir gleich mal merken.«

Ich zuckte mit den Schultern. »Lieber nehm ich einen Hobbit, als so einen Schönling.«

Frau Kuckelkorn lachte. »Du bist ja auch ein kluges Mädchen. Aber Olivia legt eben großen Wert auf Status. Dazu gehört auch ein gut aussehender Mann. Dr. Bellingheim sah blendend aus – er hat sie mal vom Chor abgeholt. In der Zeitung gibt sie eine ganzseitige Todesanzeige auf. Und nach der Trauerfeier findet ein Empfang im Schlosshotel statt. Sie sagt, das wird erwartet, der Lions-Club, die ganze Ortsprominenz wird da sein.« Sie steckte kopfschüttelnd den Sargprospekt in den Ordner zurück. »Hoffentlich steht sie das auch alles durch. Sie sieht schrecklich mitgenommen aus, ihre Augen sind ganz rot vom vielen Weinen.«

Draußen schlug eine Autotür.

Ich sah aus dem Fenster. »Oh, die Post.« Damit lief ich schon hinaus, ehe der Postbote Gelegenheit hatte, zu klingeln. Ich atmete auf, als er mir ein Päckchen in die Hand drückte. Wunderbar, der Test war viel schneller gekommen, als ich erwartet hatte.

Es wird ja immer gesagt, man soll nicht so viel im Internet kaufen, sondern die kleinen Läden im Ort unterstützen. Okay, würde ich ja gern. Aber erstens haben wir kaum noch kleine Läden hier und außerdem – so was Spezielles wie einen GHB-Test würde ich hier nirgends kriegen. Sogar Särge kann man schon im Internet kaufen. Allerdings ist bisher noch keiner mit einem selbst gekauften Sarg hier aufgekreuzt. Bei Urnen ist das anders, da kommen die Leute mit Selbstgetöpfertem und Handgeschnitztem an. – Einmal hatte eine alte Dame für ihren verstorbenen Mann eine Kaffeedose umhäkelt. Das Ding sah aus wie diese grottigen Häkelzylinder für Klopapierrollen, die man noch ab und zu in Autos sieht. – Aber ich will nicht wieder abschweifen.

Ich ging also hoch zu Herrn Kasimir, der schon ungeduldig auf mich wartete.

Viel Neues hatte ich bei Frau Kuckelkorn leider nicht herausgefunden, aber jetzt wussten wir, dass Rita an der letzten Chorprobe nicht teilgenommen hatte, und dass Olivia nicht regelmäßig kam, sodass es nicht auffiel, wenn sie mal fehlte. Beide Frauen hatten also nur für den Todeszeitpunkt ihres eigenen Mannes ein Alibi, nicht aber für den Todeszeitpunkt des Ehemanns der anderen.

Unsere nächste Aktion war, den Wodka zu untersuchen. Herr Kasimir beobachtete gespannt, wie ich das Päckchen aufriss und einen Dreierpack Teststreifen auf den Tisch legte. Nachdem ich die Gebrauchsanweisung gelesen hatte, nahm ich einen Tropfen aus dem Satz der Wodkaflasche und gab ihn auf einen der imprägnierten Pappstreifen. Lang mussten wir uns nicht gedulden.

Schon drei Minuten später verfärbte sich der Streifen deutlich.

»Bingo«, sagte Herr Kasimir und verglich die Verfärbung mit der beigelegten Farbtabelle. »Das seh ich sogar mit dem eingeschränkten Spektrum meiner Kleinnager-Augen. Wenn der Test nur halbwegs brauchbar ist, haben wir einen Volltreffer gelandet.«

»Und jetzt?«, fragte ich. »Müssen wir nicht die Polizei einschalten?«

»Eines nach dem anderen«, antwortete Herr Kasimir. »Herr Knappmann liegt nun schon unter der Erde, das eilt also nicht. Als Nächstes löst du dein Versprechen an Monja ein.«

Ich wartete bis zum Nachmittag. Olaf, wie so oft, eine Tasse Kaffee in den Keller zu bringen, erschien mir als unverfänglichste Möglichkeit einen Blick auf Herrn Bellingheim zu werfen.

Als ich mit dem Tablett in Händen die Tür zum Behandlungsraum aufstieß, rieselte mir leise Jazzmusik entgegen. – Olaf sucht immer Musik aus, von der er glaubt, dass sein Kunde sie zu Lebzeiten gern hörte.

Er sah von seiner Arbeit hoch. »Oh, super! Stell's da rüber! Ich mach das hier noch fertig, sonst wird mir das Wachs kalt.« Er warf einen kritischen Blick auf Herrn Kasimir, der auf meiner Schulter saß. »Aber pass auf, dass Bully nicht runterpurzelt! Nicht, dass er wieder eine Katastrophe auslöst.«

»Das passiert mir nicht noch mal«, sagte ich, und dachte, dass die Katastrophe, auf die Olaf anspielte, mein Leben, und nicht nur meines, komplett umgekrempelt hatte.

Der Tote, an dem Olaf arbeitete, war bis zum Oberkörper mit einem Tuch verhüllt. Ich kam näher. Obwohl ich Dr. Bellingheim nur auf den Fotos im Schlafzimmer gesehen hatte, erkannte ich ihn gleich.

»Der Neue hat ganz schöne Blessuren abgekriegt«, bemerkte Olaf, während er eine Schürfwunde mit fleischfarbenem Wachs abdeckte.

»Kein Wunder«, sagte ich. »Er ist eine elend lange Treppe von ganz oben runtergestürzt.«

Olaf seufzte. »Wirklich schade, er war so ein schöner Mann.«

Ja, er hatte recht, das sah man selbst jetzt noch. Obwohl seine Schläfen ergraut waren, hatte er etwa Jugendliches. Entfernt sah er aus wie George Clooney, auf den Mum so stand. »Er war Schönheitschirurg«, sagte ich.

Olaf nickte. »Ich weiß, mein Freund hat sich mal bei ihm erkundigt, was eine Bauchstraffung kostet.« Er winkte empört ab. »So ein Quatsch! Ich will nicht, dass er sich operieren lässt. Allein die Narkose. Ich würde verrückt, wenn ihm was passiert. Jetzt gehen wir regelmäßig ins MOVE FOR FUN. Training ist das Beste für einen straffen Bauch.« Den Wachsspatel in der Hand, drehte er sich im Takt der Musik um die eigene Achse. »Und? Was sagst du zu meinem Traumbody?«

Grinsend hob ich den Daumen. »Dann treffen wir uns vielleicht mal. Ab Dienstag geh ich da auch hin.«

Olaf sah mich verblüfft an. »Du?«

Ich zuckte mit den Schultern. »Was dagegen?«

Olaf räusperte sich. »Nein, natürlich nicht, ich wundere mich nur.«

Ich seufzte. »Alle meckern an mir herum, dass ich was tun muss.«

Er legte den Spatel aus der Hand und stemmte die Arme in die Hüften. »Das lass ich nicht gelten. Wenn du selbst keine Lust hast, lass es bleiben! Meine Valentine verbiegt sich nicht.«

Ich hätte ihn am liebsten geknutscht, zumal eine andere wohlbekannte Stimme etwas wie: »Gekniffen wird nicht!«, von sich gab, um dann gleich fortzufahren: »Wir sind nicht hier, damit du dich demoralisieren lässt. Frag ihn lieber, ob ihm sonst noch was an Bellingheim aufgefallen ist!«

Ich umrundete die Liege. »Was musst du noch alles machen?«

»Noch einiges. Haare sind frisch gewaschen, aber ich

muss sie irgendwie so hindrapieren, dass man die Platzwunde über der Stirn nicht sieht. Ich möchte, dass er gut aussieht. Er war sein Leben lang der Schönheit verpflichtet, wenn auch auf andere Weise als ich. Als ich ihn aus dem Sack befreit hab, hat er mich aus seinen stahlblauen Augen angesehen, als wolle er sagen: »Gib dein Bestes!«

Ich lächelte. Olaf sprach immer so warm und respektvoll von den Toten. »Waren seine Augen denn nicht geschlossen?«

Olaf schüttelte den Kopf. »Seine Pupillen waren geweitet, wie ich es noch selten gesehen hab. Aber man kann den Angehörigen nicht zumuten, in die offenen Augen eines geliebten Toten zu sehen.« Er seufzte. »Seine Frau tut mir leid – so plötzlich.«

Ich dachte, dass Frau Bellingheim sein Mitleid vermutlich nicht verdiente. Und plötzlich fiel mir ein, was ich Olaf gut fragen konnte, schließlich hatte er als Maskenbildner am Theater gearbeitet.

»Man kann ja echt viel machen mit Kosmetik«, fing ich an. »In Filmen sieht alles immer ganz echt aus, Wunden und so. Oder wenn jemand weint. – Gibt es eigentlich ein Mittel, das die Augen zum Tränen bringt?«

Olaf nickte. »Klar, für die Bühne gibt es Tränenstifte.«

»Tränenstifte?«, wiederholte ich.

Olaf deutete auf einen Lippenstift. »Fast genau so, nur farblos, ein Fettstift mit Menthol und Kampfer. Man streicht ihn auf die Wangen und die Dämpfe reizen die Augen.«

»Irre«, sagte ich.

Olaf lachte. »Film ist das Geschäft mit der perfekten Illusion.« Er sah nachdenklich auf den Toten vor sich. »Was ich hier mache ja auch irgendwie. – Was meinst du? Ich glaub, mehr Wachs trägt zu stark auf, den Rest erledigt das Make-up.« Damit zog er die Handschuhe aus.

»Du bist ein Künstler«, sagte ich.

»Danke.« Olaf lächelte geschmeichelt. »Ich mach jetzt Kaffeepause, willst du die neuen Fotos von Little Stuart sehen?«

Ich zuckte bedauernd mit den Schultern. »Oh, die würd ich wahnsinnig gern sehn, aber ich hab noch was zu erledigen.«

Okay, das hatte Olaf nicht verdient, aber ich besaß jetzt einfach nicht den Nerv, Begeisterung für seinen so unwiderstehlichen kleinen Neffen zu mimen. Herrn Kasimir und mich beschäftigten definitiv andere Dinge.

»Petechien wie bei Knappmann konnte ich keine entdecken«, sagte Herr Kasimir, als wir zurück in meinem Zimmer waren.

»Er ist ja auch nicht erstickt, sondern an Genickbruch gestorben«, antwortete ich. »Sieht aus wie der perfekte Mord.«

Er schnaubte. »Den perfekten Mord gibt es nicht! Nur unfähige Ermittler. – Bellingheims auffällig erweiterte Pupillen geben mir zu denken. Ich bin sicher, die hätten wir auch bei Knappmann gefunden, wenn wir nur daran gedacht hätten.«

Ich sah ihn fragend an.

»Stark erweiterte Pupillen deuten auf Drogen hin«, erklärte er. »Es wird höchste Zeit, dass wir uns um die Champagnerflasche kümmern. – Ruf Monja an, sie muss jetzt Ilonka einschalten.«

Monja anrufen ... Herr Kasimir machte es sich leicht. Wie sollte ich der trauernden Geliebten unsere grausigen Vermutungen am Telefon verklickern. Ich beschloss, sie um ein Treffen in der Eisdiele am Blumenmarkt zu bitten. Monja war sofort einverstanden, mein Anruf hatte sie so neugierig gemacht, dass wir uns schon zwei Stunden später trafen.

Marlowe begleitete mich, und natürlich auch Herr Kasimir, den ich vorsichtshalber wieder in seinen Ringelpulli gepackt hatte. Der Blick des Kellners sprach Bände, als ich mit einem großen Hund an der Leine und einem bunt gestreiften Meeri auf der Schulter das Lokal betrat. Da Monja noch nicht da war, zog ich es vor, mit meinen vierbeinigen Freunden auf der Terrasse Platz zu nehmen. Obwohl der Tag recht frisch war, konnte man gut hier sitzen. Heizstrahler sorgten dafür, dass sich die nach draußen verbannten Raucher nicht erkälteten. Trotzdem waren wir die Einzigen, die sich heute ins Freie gewagt hatten.

Monja kam nur fünf Minuten nach uns. Sie warf einen irritierten Blick auf Herrn Kasimir und ließ sich in den Alustuhl neben mir fallen. »Und? Was hast du herausgefunden, dass du mich sofort sehen willst?«, sagte sie ohne weitere Begrüßung.

»Was kann ich Ihnen bringen?« Wie aus dem Nichts stand plötzlich der Kellner neben uns.

»Ich weiß nicht, was kostet ein Bananensplit?«, erkundigte ich mich.

»Das ist egal«, sagte Monja. »Ich lad dich ein. Willst du auch was trinken?«

»Espresso«, hörte ich eine Stimme im Hintergrund.

Ich räusperte mich. »Espresso?«

Kellner und Monja sahen mich erstaunt an, dann sagte Monja: »Von mir aus – und mir bringen Sie einen großen Cappuccino.«

Bis das Bestellte auf dem Tisch stand, hatte ich Monja schon über unseren Verdacht in Kenntnis gesetzt. Den Hitchcock-Film kannte sie. »Das würde zu Olivia passen, andere die Drecksarbeit für sich machen lassen«, sagte sie. »Und du konntest dieses Mittel wirklich in der Wodkaflasche nachweisen?«

Ich nickte. »Deshalb brauchen wir dringend die Champagnerflasche.«

An dieser Stelle kam der Kellner mit unserer Bestellung. Als er gegangen war, setzte ich Herrn Kasimir zu der Espresso-Tasse. Er begann sofort genüsslich darin zu schlabbern.

Monja beobachtete ihn verdutzt.

»Äh«, sagte ich verlegen. »Er ist verrückt danach.«

Sie schmunzelte, es war das erste Mal, dass sich ihre Mundwinkel nach oben verzogen. »Aber er raucht doch hoffentlich nicht.«

»Er würde, wenn ich ihn ließe«, gab ich zurück. »Manchmal kommt er mir vor wie ein alter Mann.«

Herr Kasimir warf mir einen empörten Blick zu. »Ein Mann im Zenit seiner Jahre. – Und jetzt komm endlich zur Sache!«

Während ich mit Genuss mein Eis löffelte, fragte ich Monja, ob man Ilonka ins Vertrauen ziehen konnte, und erfuhr, das Ilonka gar nicht gut auf Frau Bellingheim zu sprechen war.

»Bei Überstunden großzügig, bei der Abrechnung kleinlich«, sagte Monja. »Ja, von den Reichen kann man das Sparen lernen. – Ich bin sicher, dass uns Ilonka die Flasche beschafft.«

»Wenn sie nicht schon entsorgt wurde«, wandte ich ein.

Monja schüttelte den Kopf. »Das kann ich mir nicht vorstellen. Heute ist erst Montag. Es liegt Olivia fern, selbst etwas im Haushalt zu tun. Soviel ich weiß, putzt Ilonka immer Dienstagfrüh dort, weil sie die anderen Tage in der Klinik Dienst hat. – Ich ruf sie nachher gleich an.«

Wir verabredeten, uns zu treffen, sobald Ilonka die Flasche gebracht hatte.

12. KAPITEL

Ich kann nicht sagen, dass ich mich auf den Dienstagvormittag im MOVE FOR FUN freute. Marlowe war auch nicht begeistert, als er verstand, dass er nicht mitkommen durfte. Herrn Kasimir steckte ich zu den neuen Sachen in meine Sporttasche, nicht ohne mich vorher vergewissert zu haben, ob er noch mal musste.

»Ich habe selbstverständlich im Vorfeld alles erledigt, was man in Sporttaschen nicht tun sollte«, sagte er gekränkt. »Wofür hältst du mich?«

Ich schwieg. – Wofür ich ihn hielt …? Diese Frage stelle ich mir fast täglich. Meistens sehe ich in ihm den genialen Kriminaloberkommissar.

Aber es gibt Situationen, da hab ich wieder mein knuddeliges Meeri vor mir. Es ist wie bei diesen Kippbildern. Zum Beispiel sieht man erst die Vase und dann wieder die Gesichter.

Zwanzig Minuten später stand ich voll düsterer Erwartungen wieder am Tresen des Sportstudios, wo mich diesmal ein junges Ding mit einem Nasenpiercing und unnatürlich schwarz gefärbten Haaren empfing.

Als ich ihr gesagt hatte, wer ich bin und zu wem ich wollte, kratzten ihre langen, schwarz lackierten Fingernägel über den Plan. »Oh, das tut mir leid, da hat Chantal einen Fehler gemacht. Patrick ist belegt, der Dienstagtermin ist immer fest für eine Kundin reserviert. Aber Denis ist frei.

»Mist«, zischte ich. »Ich wollte aber zu Patrick.«

Die Tochter der Dunkelheit zwinkerte mir zu. »Denis ist der Star bei den Mädels, er wird dir bestimmt gefallen.« Damit griff sie schon nach einem Mikrofon und rief Denis aus.

Ich verdrehte die Augen. Als ob es darum ginge! Ich opferte mich hier nur, um unsere Ermittlungen voranzutreiben. Der schöne Denis und seine weiblichen Fans konnten mir gestohlen bleiben. – Ich stehe definitiv nicht auf Sportstudiotypen. Liegt doch auf der Hand, dass das Gehirn zwangsläufig leidet, wenn aller Blutzucker von den Muskeln verbraucht wird.

»Du bleibst jetzt hier«, hörte ich Herrn Kasimirs Stimme, dem nicht entgangen war, dass ich drauf und dran war zu gehen. »Deine Fitness dient unseren Ermittlungen ebenfalls.«

Ich hatte keine Zeit, mich über seine Bemerkung zu ärgern, denn da steuerte schon ein schlanker junger Mann auf uns zu.

»Hi, Denis«, sagte die Tussi. »Das ist Valentine, sie wollte eigentlich zu Patrick, sie kommt zum Probetraining.«

Ich schluckte. Das war der schöne Denis? Der sah ja wirklich aus wie vom Cover eines Männermagazins gesprungen. Er trug ein modernes Sport-Outfit und einen Schal, den er zweimal lässig um den Hals geschlungen hatte – was ich übrigens ziemlich affig fand.

Er reichte mir die Hand. »Tut mir leid, dass du mit mir vorliebnehmen musst. Aber wir werden uns sicher gut verstehen.« Er lächelte. »Komm, ich zeig dir die Garderoben.«

Während ich lustlos neben ihm herstiefelte, warf er mir einen amüsierten Seitenblick zu. »Du wirkst ja hoch motiviert.«

Ich seufzte. »Ich mach mir eigentlich null aus Sport. Aber alle nerven, dass ich was tun muss.«

Denis räusperte sich und zog den Schal enger. »Der innere Schweinehund?«

Ich zuckte mit den Schultern.

»Den kennt doch jeder«, sagte er. »Wie heißt es? – Der Geist ist willig, aber das Fleisch ist schwach.«

»Besser als umgekehrt«, murmelte ich.

Denis lachte. »Oh ja, das gibt es auch, und gar nicht so selten!« Er wandte sich ab und hustete unterdrückt.

Ich grinste. Er hatte mein Wortspiel verstanden, ganz schwach konnte sein Geist also nicht sein. »Wie lange arbeitest du schon hier?«, fragte ich.

»Seit einem halben Jahr«, sagte er. »Ich hab mein Sportstudium abgeschlossen und warte auf einen Studienplatz in Psychologie. Ich möchte mal Trainer im Spitzensport werden.« Er fasste sich an den Hals. »Mandelentzündung. Entschuldige, aber ich werde diese verdammte Erkältung einfach nicht los. Ich arbeite erst seit zwei Tagen wieder, war über eine Woche daheim, will ja keinen anstecken. Patrick musste für mich einspringen. Er ist echt ein guter Kumpel. – Du kennst ihn?«

»*Kennen* wäre zu viel gesagt«, erwiderte ich, und dachte, dass Denis' Erkältung erklären würde, warum Patrick am vorletzten Freitag vielleicht tatsächlich im Studio war. Taten wir ihm unrecht?

Denis drückte mir einen Spindschlüssel in die Hand. »Nummer 24, da kannst du deinen Krempel reinlegen, Waschzeug, Klamotten, alles, was du bis zum nächsten Mal hierlassen möchtest.« Dann ließ er mich im Umkleideraum zurück. Ich verkrümelte mich in eine Kabine und zog die Sachen an, die Mum für mich gekauft hatte, während ich mit Herrn Kasimir über Patrick redete.

»Diese Information hätten wir nie bekommen, wenn du nicht hergekommen wärst«, sagte er. »Schon deshalb hat sich das Ganze gelohnt. Und jetzt bin ich gespannt, wie du dich an den Geräten machst.«

Ich schüttelte den Kopf. »Das fehlte noch. Sie bleiben hier.« Ohne auf seinen Protest einzugehen, sperrte ich ihn mitsamt der Tasche in den Spind. Die Luftschlitze reichten aus, dass ein Meerschweinchen nicht erstickte.

Vor dem Spiegel betrachtete ich mich, und band mir unzufrieden die Haare hoch. Ich sah so was von beknackt aus! Die Boxershorts endeten eine Handbreit über meinen knubbeligen Knien. Ich bezweifelte, dass sie dekorativer waren als Leggins. Obwohl ich Pink hasse – wenigstens war das Shirt so weit, dass es das Zuviel an den Hüften gnädig versteckte. Manchmal finde ich mich einfach nur hässlich. Oft hilft mir dann Dads Spruch. Aber der hilft leider nicht immer. Heute wäre ich lieber schön UND schlau gewesen. Was ich auf jeden Fall war: mutig. Trotz meiner unsportlichen Figur und meines peinlichen Aufzugs stapfte ich schicksalsergeben aus der Garderobe. Denis stand mit Patrick am Empfang. Sie unterbrachen ihr Gespräch, als sie mich kommen sahen.

Patrick lächelte schief. »Tut mir leid, dass es mit uns heute nicht klappt. Chantal hätte eigentlich wissen müssen, dass ich Dienstagfrüh immer eine Stammkundin hab.« Er blickte zum Eingang. »Da kommt sie ja schon.«

Ich folgte seinem Blick und erstarrte. Wer da in einem violetten Sportdress hereinstöckelte, war Frau Bellingheim. Die beiden kannten sich also tatsächlich. Okay, das konnte Zufall sein. Aber dass die trauernde Witwe, die so kurz nach dem Tod ihres Mannes daherkam wie das blühende Leben, nicht mal heute auf das Training verzichtete, kam mir spanisch vor. Olivia schien mich nicht zu erkennen, ihre ganze Aufmerksamkeit galt Patrick.

Denis riss mich aus meinen Überlegungen. »Sieht bequem aus, was du anhast.«

Ich presste die Lippen zusammen. *Bequem*? Sollte wahrscheinlich heißen: *bescheuert*.

Während wir durch die Gerätehalle gingen und ich beklommen auf die vielen schwitzenden Sportsklaven schielte, fragte ich: »Hast du eigentlich auch Stammkunden?«

Denis nickte. »Zum Glück keine wie die von eben.«

Ich sah ihn fragend an.

Er lachte. »Sie ist doppelt so alt wie Patrick, trotzdem baggert sie ihn jedes Mal an. Ich könnte das nicht ertragen, aber sie ist wohl eine Bekannte seiner Mutter.«

Ich runzelte die Stirn. »Hat Patrick eine Freundin?«

Denis sah mich belustigt an. »Nein, er ist noch zu

haben.« Er wies auf eine Bank. »Wir müssen zuerst noch ein paar Dinge abklären.«

Wir setzten uns. »In welche Discos geht Patrick denn so?«, fragte ich.

Denis wandte sich ab, um zu hüsteln. »Ich glaub kaum, dass du ins *Blue Devil* reinkommst.« Seine Stimme klang heiser, aber unverkennbar amüsiert.

Erst jetzt dämmerte mir, wie er mein Interesse an Patrick aufgefasst hatte. Ich wurde knallrot. »Ne, so hab ich das echt nicht gemeint ...«

Er grinste mich breit an. »Klar, das weiß ich doch. Aber jetzt hab ich ein paar Fragen an dich.« Damit legte er ein Aufnahmeformular auf die Knie und begann das peinlichste Verhör, das ich je über mich ergehen lassen musste. Gewicht, Körpergröße, wie oft ich Sport machte, wie ich mich ernährte, ob ich schnell aus der Puste kam und so weiter, und so weiter. Meine verschämt vorgebrachten Antworten schrieb er scheinbar ungerührt auf, dennoch konnte ich die Ausrufezeichen auf seiner Stirn in Leuchtschrift sehen. Nach einer unendlichen Viertelstunde legte er das Formular beiseite und sprang in einem Ruck auf. »Valentine, wir schaffen das! Wir fangen erst mal mit Ausdauertraining an.«

Was dann kam, war echt das Letzte! Fun hatte ich natürlich null. Dafür taten mir schon nach zehn Minuten auf dem verdammten Laufband alle Knochen weh. Außerdem stellte ich bald fest, dass irgendwas an der Innenseite der Oberschenkel scheuerte. Nach kurzer Zeit schmerzte es schon richtig. Ich verrenkte mich, fasste kurz hin, und stellte fest, dass es ein Preisschild war. Super, das Mistding tat also nicht nur weh, es sah hundertpro auch noch bekloppt aus. Beim Versuch, das Schild abzureißen, lernte ich zweierlei. Erstens: Wenn du den rechten Hebel nach oben schiebst, wird das Band definitiv nicht langsamer. Und zweitens: Mach niemals eine Grätsche auf einem Laufband! Jedenfalls katapultierte mich das Körperertüchtigungsgerät in hohem Bogen auf den glatten Boden, worauf ich höchst unelegant bis zu einer Hantelbank schlitterte. Mein Aufschrei und der Alarmton des Laufbands brachten mir die ungeteilte Aufmerksamkeit und vermutlich auch den Spott der ganzen Halle ein.

»Nur Fliegen ist schöner«, stellte der Typ auf der Hantelbank fest und half mir hoch.

Denis sprintete heran. »Du lieber Himmel, Valentine! Wie ist denn das passiert? – Bist du verletzt?«

Ich rieb mir den Hintern. »Weiß nicht.«

Denis zeigte auf ein Ungetüm aus Rohren und Gewichten, das aus dem Folterkeller eines Geheimdienstes zu stammen schien. »Traust du dir zu, an der Maschine weiterzumachen?«

Seufzend beugte ich mich vor, um endlich das Preisschild abzureißen. »Autsch! Ich glaub, ich hab mir den Steiß geprellt.«

Denis musterte mich besorgt. »Dann sollten wir das Training wohl besser verschieben.«

Ich nickte erleichtert, und nahm mir vor, Herrn Kasimir nichts von meinem peinlichen Missgeschick zu erzählen.

Kleine Anmerkung: Herr Kasimir ist übrigens schon längst eingeschlafen. Unglaublich süß sieht er aus, seine Barthaare zucken, wahrscheinlich träumt er von unserem letzten Fall. – Aber zurück zu meiner Geschichte ...

Zu meiner großen Erleichterung interessierte sich Herr Kasimir ohnehin nicht für meine erste Trainingsstunde. Er hatte nämlich Neuigkeiten:

Zuerst habe er gehört, wie jemand am Nachbarspind hantierte. Dann sei eine zweite Person in den Raum gekommen. – Dass es sich um Patrick und Frau Bellingheim handelte, habe er schnell erkannt – sein Gedächtnis für Stimmen sei untrüglich. Die Unterhaltung, die nun folgte, brachte uns entscheidend weiter.

Patrick sagte wohl sinngemäß: »Meine Mutter hat mich gebeten, Ihnen Ihren Hausschlüssel zurückzugeben, das hätte sie neulich vergessen.«

Worauf Frau Bellingheim antwortete: »Willst du ihn

nicht behalten, Patrick? Jetzt, wo mein Mann tot ist, kannst du bei mir jederzeit ein- und ausgehen.«

Patrick muss das ziemlich verwirrt haben, weil er anfing zu stottern. »Äh, äh, nein danke. Das ist keine gute Idee. – Wir treffen uns im Spinning-Raum.« Damit beendete er das Vieraugen-Gespräch abrupt und verließ vermutlich die Garderobe, was Herr Kasimir natürlich nicht sehen konnte.

»Was sagst du dazu?«, erkundigte sich Herr Kasimir.

Ich stöhnte auf. »Wahnsinn. Das beweist, dass Frau Knappmann tatsächlich den Schlüssel zur Bellingheim-Villa besaß. Das passt voll in unser Puzzle.«

Herr Kasimir, der inzwischen – ich hatte mich bereits umgezogen – auf dem Rand der Sporttasche saß, dachte einen Moment nach, dann sagte er: »Einerseits. Andererseits könnte auch Patrick der Täter gewesen sein. Ich kann mir nach wie vor nicht vorstellen, wie die kleine Frau Knappmann einen Mann wie Bellingheim erst zur Treppe zerrt, und dann runterstößt. – Hast du herausgefunden, in welchen Discos er sich rumtreibt?«

Ich nickte. »Im *Blue Devil*«

»Im *Blue Devil*«, wiederholte Herr Kasimir. »Da trifft sich jedenfalls nicht die katholische Jugend. Die Disco ist polizeibekannt für Ecstasy und Co. – Diese dummen jungen Leute dröhnen sich damit die Gehirne zu. Aber anders ist ihre grässliche Musik ja auch nicht zu ertragen. GHB dort zu bekommen, sollte kein Problem sein.«

Ich schüttelte den Kopf. »Irgendwie passt das nicht zu Patrick. Ich meine, selbst wenn er das Zeug besorgt hätte, zumindest für den Mord an seinem Vater hat er jetzt ein Alibi.« Dann erzählte ich Herrn Kasimir von Denis' Erkältung, und dass Patrick an jenem Freitag für ihn eingesprungen war.

Wir beschlossen, die Frage von Patricks Beteiligung vorerst zurückzustellen.

Wieder daheim verzog ich mich erst mal unter die Dusche. Beim Mittagessen musste ich erwartungsgemäß die Neugier meiner Mutter ertragen, die hoffnungsvoll fragte, ob es mir im Fitnessstudio denn gefallen hatte. Dass ich nur ausweichend antwortete, brachte mir einen enttäuschten Blick ein und den Hinweis: »Iss nicht so viel!«, als ich mir zum zweiten Mal Kartoffeln nehmen wollte.

Hätte ich gesagt: »Es war toll! Ich kann's kaum erwarten, wieder hinzugehen«, wäre das zwar gelogen gewesen, hätte sie aber glücklich gemacht. – Verdammt, Mum, wär dir das lieber?

Gegen zwei klingelte mein Handy. Es war Monja. Ilonka hatte ihr tatsächlich schon die Champagnerflasche gebracht. Genau genommen hatte sie zwei Flaschen aus der bellingheimschen Küche geschmuggelt. Die zweite war wohl die, mit der die beiden Chorfreundinnen auf das erfolgreiche Ableben ihrer Ehemänner getrunken hatten.

Mit den restlichen beiden GHB-Tests radelte ich noch am selben Nachmittag zu Monjas Wohnung. Marlowe und Herr Kasimir begleiteten mich. Das Sprichwort: »Sport ist Mord«, wurde mir plastisch vor Augen geführt, als ich auf mein Klapperrad stieg. Mann, mir tat ALLES weh! Ob es schon Muskelkater war, oder von meinem uneleganten Abstieg vom Laufband herrührte, kann ich nicht sagen. Jedenfalls radelte ich dermaßen langsam, dass Marlowe immer wieder vorwurfsvoll zu mir hochsah.

»Pass auf, dass du nicht noch rückwärtsfährst«, bemerkte Herr Kasimir, der im Ringeldress auf meiner Schulter saß.

»Seien Sie still«, fuhr ich ihn an. »Wer von uns hat sich heute im Sportstudio gequält?«

»Wenn du so fragst, dann ich«, gab er zurück. »Wer von uns wurde in einer dunklen Sporttasche in einen Spind gesperrt?«

Ich antwortete nicht. Es hätte sowieso keinen Sinn gehabt. Herr Kasimir muss nun mal das letzte Wort haben.

Monja war nicht begeistert, dass ich meine beiden Vierbeiner mitgebracht hatte. Ihre kleine Zweizimmerwohnung im Hochparterre hatte etwas von einer Puppenstube, der bullige Marlowe wirkte darin wie ein Elefant.

Sie öffnete die Balkontür. »Könnte der Hund draußen sitzen?«, fragte sie verlegen.

Klar konnte das der Hund. Marlowe ließ sich widerstrebend auf dem Kunstrasenteppich nieder und blickte sehnsüchtig in den Hinterhof. Es hieß also wieder mal: warten.

»Und der Kleine?«, erkundigte sich Monja mit einem bangen Blick auf Herrn Kasimir. »Ist er stubenrein?«

»Frechheit«, brummte eine Stimme in meinem Kopf.

Ich grinste. »Meistens.«

Herr Kasimir schnaubte. »Also hör mal!«

Monja gab sich damit zufrieden. Wir gingen in die Küche. Ich entnahm jeder der beiden Flaschen ein paar Tropfen, um sie auf die Teststreifen zu reiben. Ich dachte, dass man so gleich überprüfen konnte, ob der Test auch wirklich funktionierte oder ob sich die Farbe immer veränderte, sobald der Streifen nass wurde. Zu meiner Erleichterung, aber auch zu meinem Entsetzen, bewies der Test schon wenige Minuten später, dass er zuverlässig arbeitete. Während der eine Streifen unverändert blieb, verfärbte sich der andere binnen weniger Minuten so deutlich, dass Monja geradezu der Atem stockte.

»Oh Gott!«, stieß sie aus. »Sie hat ihn wirklich umgebracht!« Sie schlug die Hände vors Gesicht. »Ich wusste es.«

»Vergessen Sie nicht, letztlich ist er an Genickbruch gestorben«, wandte ich ein. »Und für den Todeszeitpunkt hat Olivia ein Alibi.«

Monja ließ die Schultern hängen. »Dann hat es ihre Freundin für sie getan, das war ja gleich dein Verdacht.«

Ich nickte und erzählte ihr, was ich von Herrn Kasimir erfahren hatte, nämlich, dass Frau Knappmann und ihr Sohn den Schlüssel zum Haus der Bellingheims hatten. – Monja schwindelte ich allerdings vor, ich hätte das zufällig selbst mitgehört.

Sie starrte auf die Flasche. »Die werd ich nachher gleich zu diesem Kommissar Flatter bringen. Das muss doch reichen, um Ermittlungen anzuleiern.« Sie sah mich an. »Oder was würdest du jetzt tun?«

Ich zuckte mit den Schultern.

»Einen Versuch ist es wert«, hörte ich Herrn Kasimir. »Allein kommen wir jetzt nicht mehr weiter.«

»Einen Versuch ist es wert«, wiederholte ich. »Allein kommen wir jetzt nicht mehr weiter.«

»Das wird Olivia büßen!«, zischte Monja. »Lebenslänglich. Im Frauengefängnis.«

Wir machten aus, dass mich Monja anrufen sollte, wenn sie mit Flatter gesprochen hatte.

13. KAPITEL

Obwohl mir der verlängerte Rücken immer noch wehtat, als klemmte mein Steiß in einem Schraubstock, nahm ich einen Umweg durch den Park, damit Marlowe noch auf seine Kosten kam.

»Was meinen Sie?«, fragte ich Herrn Kasimir. »Wird Monja den Flatter von unserem Verdacht überzeugen können?«

»Wie ich schon sagte, einen Versuch ist es wert«, antwortete er bedächtig. »Aber dieser eingebildete Fatzke ist eine harte Nuss.«

Wie recht er damit hatte, erfuhren wir noch am selben Tag. Kurz nach dem Abendessen rief mich Monja an. Zuerst hatte Flatter, wie befürchtet, versucht, sie abblitzen zu lassen. Seiner Meinung nach war der Fall sonnenklar: Unfalltod durch Genickbruch, und außerdem sei Ecstasy eine Modedroge, die in bestimmten Kreisen leider missbraucht werde.

Aber Monja ließ sich nicht so leicht abwimmeln. Sie drohte ihm mit der Presse und rückte jetzt damit heraus, dass sie mich kannte. Valentine Engel, das superkluge Mädchen, das schon mal einen Mordfall aufgeklärt hatte. Natürlich schmeichelte mir das, noch viel mehr schmeichelte mir aber Flatters Reaktion. Mein Name klang ihm noch in den Ohren. Er erinnerte sich zu gut, dass der Fahndungserfolg in der Sache Kilian Kasimir, den er damals vor sich hergetragen hatte wie eine Trophäe, schließlich doch als mein Verdienst enttarnt worden war. Als Monja ihm auch noch erzählte, dass ich vermutete, es handele sich diesmal womöglich um einen Doppelmord, und ihm dann weitere Einzelheiten mitteilte, wurde er zugänglicher. Er versprach, die Flasche ins Labor zu schicken, und zur Beerdigung Bellingheims zu kommen, um sich ein Bild zu machen. Monja solle sich aber zurückhalten und keinen Skandal heraufbeschwören. Bellingheim sei stadtbekannt, der halbe Lions-Club würde der Witwe kondolieren, außerdem seien gewiss Zeitungsleute da. Ehe er keine handfesten Beweise habe, solle man die Presse nicht aufscheuchen.

Ich weiß nicht, ob Flatter mit dem Stichwort *Skandal* Monja erst auf die Idee gebracht hatte, jedenfalls war sie inzwischen wild entschlossen, noch am offenen Grab genau das zu machen: einen Skandal. Und damit Olivia eine schlaflose Nacht hatte, hatte sie ihr nach dem Besuch bei Flatter gleich brühwarm eine E-Mail geschrieben mit etwa diesem Inhalt:

Hier steht eine Schampusflasche, ich denke, du weißt welche. Ich lasse die Bombe bei der Beerdigung platzen. Schlaf schlecht, M.

Ich hatte das Handy auf laut gestellt, sodass Herr Kasimir mithören konnte. Seine Barthaare zitterten vor Aufregung, als ich auflegte.

»Jetzt kommt Schwung in die Sache«, sagte er. »Und ich brauch jetzt unbedingt eine Zigarette.«

Ich stöhnte auf. »Herr Kasimir!«

»Versprochen ist versprochen, du hast ›nächste Woche‹ gesagt. Heute ist nächste Woche. Außerdem bin ich wieder kerngesund.«

Was sollte ich machen …?

Ich kramte also die Packung mit dem Tabak unter meiner Matratze hervor. Zugegebenermaßen ist das kein sehr originelles Versteck, aber Mum überzieht mein Bett schon nicht mehr, seit ich zehn bin. Sie findet, dass *das Kind* sein Zimmer selbst sauber machen soll. – Was definitiv mehr Vor- als Nachteile für *das Kind* mit sich bringt, da niemand in seinen Sachen herumschnüffelt.

»Und nicht wieder so ein unförmiges Ding wie neulich«, wies mich Herr Kasimir an.

»Ich tu, was ich kann!«, schnauzte ich zurück und fummelte lustlos eine Zigarette zusammen, deren stinkende Abgase er dann auf dem Balkon in sich einsog, als wäre es der Duft von Rosen. Ich muss sagen, dass mich die Qualmerei immer mehr nervt. Erstens setze ich mich ständig dem Risiko aus, von meinen Eltern erwischt zu werden. Und zweitens mach ich mir Sorgen um seine Gesundheit, auch wenn er nicht mehr direkt an dem Glimmstängel zieht. Aber Passivrauchen ist bekanntlich auch gefährlich. Ich könnte es ihm natürlich einfach abschlagen. Andererseits denke ich, dass ein erwachsener Mann, und noch dazu ein Kriminaloberkommissar, sogar dann noch wenn er in der Hülle eines Meeris steckt, selbst entscheiden muss, was er tut und lässt. Mein Stänkern muss er dann halt aushalten. Vielleicht hört er ja eines Tages von selbst mit dem Rauchen auf. Viel Hoffnung hab ich da aber leider nicht.

Es dämmerte bereits. In den Fenstern gegenüber gingen die Lichter an.

»Wir müssen morgen unbedingt zu dieser Beerdigung gehen«, sagte Herr Kasimir aus seiner geliebten Qualmwolke. »Ich will mir Flatters blödes Gesicht nicht entgehen lassen, wenn Monja die Bombe platzen lässt.«

Ich konnte seinen Wunsch gut nachvollziehen. Das wollte ich auch sehen, vor allem aber, wie sich die gramverzehrte Miene der Witwe in Schrecken verwandelte. Irgendwie musste ich es schaffen, mich unter die Trauergäste zu mischen. Da eine große Beerdigung zu erwarten war, sollte das machbar sein.

Dann kauten wir noch mal durch, was wir inzwischen an Informationen zusammengetragen hatten.

»Nicht schlecht für ein Team aus einem Teenager und einem körperlich stark behinderten Kommissar«, stellte Herr Kasimir zufrieden fest. »Aus dir ist eine gewiefte und wirklich brauchbare Assistentin geworden.«

»Danke.« Geschmeichelt drückte ich den kümmerlichen Rest der Zigarette aus.

Und in genau diesem Moment blitzte ein Gedanke in mir auf. Während ich auf den winzigen Stummel starrte, der auf einem alten Unterteller sein letztes Wölkchen aushauchte, wirbelte vor meinem inneren Auge eine weiße Zigarettenkippe durch die knappmannsche Toilettenschüssel. Genau dieselbe weiße Kippe, wie sie mir eine Woche später in der Toilette der Bellingheims aufgefallen war.

»Was meinen Sie …?«, fragte ich Herrn Kasimir, und erzählte ihm von meiner Beobachtung. »Weder Patrick noch Frau Knappmann rauchen, und Knappmann selbst hat nur Filterlose geraucht. Aber die Bellingheim pafft Mentholzigaretten mit weißen Filtern.«

»Sehr interessant«, sagte Herr Kasimir nachdenklich. »Gut beobachtet, wie ich schon sagte: ›gewieft‹! – Filterlose Zigaretten lassen sich leicht runterspülen, aber Filter schwimmen tatsächlich wie Korken.«

Ich nickte. »Genau. Für mich heißt das, dass Frau Bellingheim am Freitag vor einer Woche in der Wohnung der Knappmanns gewesen sein muss.«

»Das sehe ich genauso«, sagte Herr Kasimir. »Allmählich erschließt sich mir der ganze teuflische Plan. Die Ehefrau verabreicht ihrem Mann das Betäubungsmittel und geht zum Chor. Das Opfer wird schlagartig müde und legt sich hin. Knappmann auf die Couch, Bellingheim schafft es noch ins Bett. Die Komplizin läutet, und wenn keiner aufmacht, und sie sicher sein kann, dass er weggetreten ist, schließt sie die Wohnungstür auf, und erstickt den wehrlosen Mann im Schlaf. Bei Knappmann muss das genauso abgelaufen sein. Bei Bellingheim ist aber vermutlich was schiefgelaufen.«

Mir lief ein Schauder über den Rücken. Meine Hand strich unwillkürlich über Marlowes kräftigen Nacken. Irgendwie beruhigte mich seine Anwesenheit. »Dass Frauen so kaltblütig sein können.«

»Wenn es um Mord geht, können Frauen sogar sehr kaltblütig sein, weil sie sehr genau planen«, antwortete Herr Kasimir. »Totschlag ist dagegen eine Domäne der Männer. Sie bringen jemanden spontan im Affekt um.«

Ich schluckte. »Ich kann mir wirklich nicht vorstellen, jemanden umzubringen.«

»Rein statistisch ist die Wahrscheinlichkeit auch gering«, sagte Herr Kasimir. »Obwohl es zahlenmäßig mehr Frauen als Männer gibt, begehen vor allem Männer Gewaltverbrechen. Nicht gerade schmeichelhaft für unser Geschlecht. Wenn Frauen morden, hat das meistens emotionale Gründe.«

Ich kraulte Marlowe nachdenklich zwischen den Ohren. »Bei Frau Knappmann kann ich das noch irgendwie nachvollziehen. Ich meine, der Mann hat sie wirklich mies behandelt. Aber die Bellingheim war vor allem in ihrer Eitelkeit verletzt, und sie wollte natürlich das Luxusleben nicht aufgeben.«

»Ja, an Motiven fehlt es wahrhaftig nicht.« Damit trippelte Herr Kasimir schon ins Zimmer zurück. »Mir wird allmählich kalt. Sonst meldet sich meine Erkältung noch zurück.«

Marlowe und ich kamen ihm nach. Ich schloss die Balkontür. »Dann können wir Patrick wohl von der Liste streichen.«

Herr Kasimir sah zu mir hoch. »Es spricht einiges dafür.«

Ich atmete auf. Irgendwie wollte ich nicht, dass Patrick mit der Sache zu tun hatte. Er tat mir jetzt schon leid. Wenn wir recht hatten, kam seine Mutter wegen

Mordes ins Gefängnis. Wie sollte man mit so etwas fertigwerden?

Am nächsten Morgen riss mich mein Handy aus dem Schlaf. Ich tastete nach der Brille und sah auf die Uhr. Es war halb sieben.

»Hallo?«, murmelte ich noch völlig verpennt ins Telefon. Was dann kam, weckte meine Lebensgeister allerdings sofort. Es war Monja. Ihre Stimme klang verstört. »Sie war in meiner Wohnung.«

»Hä?« Ich verstand nicht gleich.

»Olivia war heute Nacht in meiner Wohnung«, brüllte Monja in den Hörer.

»Moment«, sagte ich und stellte das Telefon laut, damit Herr Kasimir, der inzwischen sein Schlafhäuschen verlassen hatte, mithören konnte.

Monja kochte vor Wut. »Dieses Miststück ist in meine Wohnung eingebrochen!«

»Okay«, sagte ich. »Und Sie haben nichts bemerkt?«

»Gar nichts«, antwortete Monja. »Ich hatte ein Schlafmittel genommen. Seit letztem Freitag schlaf ich kaum noch. – Außerdem muss Olivia meinen Schlüssel gehabt haben. Frank hatte einen.«

Ich setzte mich auf. »Was hat sie denn mitgehen lassen?«

Monja schluchzte auf. »Keine Ahnung, bis jetzt fehlt

nichts. Aber ich hab auch noch nicht genau nachgesehen. Ich bin viel zu aufgeregt.«

»Hm«, sagte ich. »Wie haben Sie dann überhaupt mitgekriegt, dass sie da war, wenn nichts fehlt?«

»Ich hab sie gerochen«, sagte Monja. »Lavendel. Franks Sachen haben genauso gerochen, sie benutzten gemeinsam einen Kleiderschrank. Ich bin ganz sicher.«

Ich erinnerte mich an den blumig-herben Duft im Wandschrank der Villa. »Da haben Sie aber eine verdammt gute Nase«, sagte ich.

»Ich vertraue Marlowes Nase mehr«, meldete sich Herr Kasimir zu Wort. »Das Mädel ist völlig durch den Wind. Vielleicht bildet sie sich den Einbruch nur ein oder hat ihn geträumt. Sag ihr, du kommst vorbei!«

»Wann beginnt die Beerdigung genau?«, erkundigte ich mich bei Monja.

»Um 14 Uhr«, antwortete sie.

»Gut«, sagte ich. »Dann kann ich vorher noch vorbeikommen. Mein Hund ist ausgebildeter Polizeihund, auf seine Nase kann man sich hundertpro verlassen.«

»Auf meine auch«, gab Monja gekränkt zurück. »Aber ich bin froh, wenn ich jetzt nicht allein sein muss. – Es ist mir unheimlich, dass sie meinen Schlüssel hat.«

Als ich aufgelegt hatte, sprang ich aus dem Bett. »Autsch!« Stöhnend fasste ich mir an den Rücken, ich musste mir gestern eine ordentliche Prellung geholt haben.

Herr Kasimir stand schon ungeduldig in seinem Käfig und wartete darauf, dass ich ihn herausholte. »So schlimm wird's wohl nicht sein«, bemerkte er.

Da war er schon wieder, dieser Ton ... Ich warf ihm einen wütenden Blick zu und ging ins Bad. Sollte er doch im Meerschweinchenknast warten, bis ich fertig war.

Während ich mir die Zähne putzte, überlegte ich, mit welchem Geruchsköder wir Marlowe auf Olivias Fährte setzen konnten. Aber mir fiel beim besten Willen nichts ein.

Doch Herr Kasimir hatte das Problem schon gelöst, als ich in mein Zimmer zurückkam. »Zuerst gehen wir ins Sportstudio. Wenn ich mich nicht täusche – und ich täusche mich selten –, muss der Spind rechts neben deinem der von Frau Bellingheim sein. Als Stammkundin hat sie ganz bestimmt persönliche Gegenstände dort.«

Die Idee war an sich super, trotzdem rümpfte ich die Nase. Meine Lust, einen fremden Spind aufzubrechen, hielt sich definitiv in Grenzen.

»Von aufbrechen hat keiner was gesagt«, wandte Herr Kasimir ein, als hätte er wieder mal meine Gedanken gelesen. »Die müssen Zweitschlüssel für die Spinde haben. Die Leute verschusseln doch andauernd Schlüssel. Du gehst einfach hin und sagst, du hättest deinen vergessen, aber du bräuchtest was aus deinem Spind. – Da du 24 hast, muss es der mit der Nummer 25 sein.«

Ich seufzte. Der Plan hörte sich durchführbar an, aber natürlich blieb das gesamte Risiko wieder an mir hängen, was schon damit begann, dass ich für Marlowe Dads Schweizer Käse aus dem Kühlschrank klauen musste. Das gelang mir nur, weil Mum im Schlafzimmer noch ihre morgendlichen Yogaübungen absolvierte und Dad unter der Dusche stand.

Ich schnappte mir zwei Müsliriegel und brüllte durch die Wohnung: »Ich geh mit Marlowe raus.«

»Es macht richtig Spaß, Ermittlungen abseits der Vorschriften führen zu können«, stellte Herr Kasimir fest, als ich mich kurz vor acht auf mein Rad quälte. »So hat selbst meine unvorteilhafte Verwandlung in einen Kleinnager ihre guten Seiten. – Nicht mal als Kriminaloberkommissar dürfte man so einen ordinären Spind ohne Durchsuchungsbefehl öffnen.«

Ich band Marlowe vor dem Sportstudio an, steckte Herrn Kasimir in mein Hoodie und marschierte, all meinen Mut zusammennehmend, zum Empfang. Heute stand ein Typ mit einer Basecap hinter der Theke. Einen Pappbecher Kaffee vor sich, hackte er auf einem Smartphone herum. Als ich hereinkam, sah er unwillig hoch. »Wir haben noch geschlossen.«

»Ich weiß«, sagte ich. »Ich will auch nur rasch etwas aus meinem Spind holen.«

Er nickte. »Dann geh, die Garderobenräume sind schon offen.« Damit wandte er sich wieder dem Smartphone zu.

Ich räusperte mich. »Äh, ich hab meinen Schlüssel blöderweise daheim liegen lassen.«

Er verdrehte die Augen. »Jugenddemenz ist eine ernste Sache.« Damit öffnete er eine Schublade. »Welche Spindnummer?«

»25«, sagte ich so cool, wie es mir nur möglich war.

Er kramte einen Schlüssel und eine Liste hervor. »Name?«

Ich betete, dass er die gute Olivia nicht kannte. »Bellingheim.«

Seine Augen wanderten über die Namen. »Bellingheim. – Okidoki, hier. Aber bring mir den Schlüssel gleich wieder!«

Aufatmend verzog ich mich zur Garderobe. »Gut gemacht«, sagte Herr Kasimir.

»Ich hab nur Glück gehabt.« Damit steuerte ich schon auf Spind 25 zu.

Und wieder hatten wir Glück, denn Herr Kasimir hatte sich tatsächlich nicht geirrt. Es handelte sich zweifelsohne um Olivias Spind, was nicht nur das Designerhandtuch verriet, sondern auch die goldfarbene Kosmetiktasche mit ihren Initialen.

»Such nach einer Haarbürste!«, wies mich Herr Kasimir an. »Die Dinger strotzen von Hautpartikeln.«

Zwei Minuten später war die Mission erledigt. Ich steckte die Bürste zu Herrn Kasimir in die Bauchtasche und brachte den Schlüssel zum Empfang zurück. »Danke auch«, sagte ich.

Ohne mich eines Blickes zu würdigen, nickte der Typ seinem Smartphone zu und griff abwesend nach dem Schlüssel. Ich hätte ihm ebenso gut eine Nacktschnecke hinlegen können. Smartphone-Demenz, dachte ich und ging erleichtert nach draußen.

In meiner Bauchtasche rumorte es. »Verdammt, befrei mich von der Bürste! Oder möchtest *du* mit einem Stachelschwein in einen Sack gesperrt werden?«, hörte ich Herrn Kasimirs gereizte Stimme.

Ich musste unwillkürlich lachen. »Sorry, daran hab ich nicht gedacht.« Damit befreite ich ihn aus seiner unbequemen Lage. Aber mein Lachen hatte ihn so verstimmt, dass er es vorzog, den Weg auf Marlowe fortzusetzen. Manchmal ist er leider echt humorlos.

Ich stellte mein Fahrrad vor Monjas Haus ab und nahm das Säckchen mit den Käsestücken aus dem Fahrradkorb.

Dann leinte ich Marlowe an und zeigte ihm die Bürste. Er wedelte freudig mit dem Schwanz, als er verstanden hatte, was ich von ihm wollte. Ausgiebig beschnupperte er den Suchköder.

»Nimm mich jetzt wieder hoch!«, wies mich Herr Kasimir an. »Und sei nicht respektlos!«

Ich zuckte entschuldigend mit den Schultern. »Das bin ich gar nicht. Jedenfalls meine ich es nicht so.«

»Das bleibt zu hoffen«, gab er zurück. »Und jetzt wollen wir mal sehen, ob Frau Bellingheim tatsächlich hier war.«

Marlowe hob witternd die Schnauze, als wir uns dem Hauseingang näherten. »Ich glaub, er hat schon was«, sagte ich und stieß die Tür auf. Marlowe zog heftig an. In höchster Erregung jagte er dermaßen schnell die wenigen Stufen bis zu Monjas Wohnung hoch, dass ich die Zähne zusammenbeißen musste – mir tat noch immer alles weh.

Als ich klingelte, gebärdete er sich wie wild. Ich konnte ihn nur mit Mühe davon abhalten, die Tür zu zerkratzen.

»Kein Zweifel, Olivia war hier«, sagte Herr Kasimir. »Gib ihm jetzt ein Stück Käse, damit er sich beruhigt.«

Ich fummelte ein Stückchen Käse aus der Plastiktüte und belohnte Marlowe damit. »Gut gemacht, guter Hund!« Dann klingelte ich wieder.

Wir warteten. Aber Monja machte nicht auf.

»Vielleicht ist sie im Bad«, sagte Herr Kasimir.

Also warteten wir eine Weile, dann klingelte ich erneut. Aber auch diesmal keine Reaktion. Allmählich kam mir das unheimlich vor. Monja wusste doch, dass ich kommen wollte. Sie musste da sein. Ich kramte mein Smartphone heraus und wählte ihre Nummer. In der Wohnung läutete das Telefon. Schließlich meldete sich der Anrufbeantworter, ich legte auf.

»Da stimmt was nicht«, sagten wir fast gleichzeitig.

»Was machen wir jetzt?«, fragte ich. »Soll ich den Hausmeister suchen?«

»Ich weiß nicht«, antwortete Herr Kasimir. »Was erwartest du? Er soll einer Fremden die Wohnung einer Mieterin aufschließen, weil die nicht aufmacht? – Also, wenn ich der Hausmeister wäre …«

Ich nickte. »Sie haben recht, das darf er wahrscheinlich gar nicht. – Aber was dann?«

»Lass uns in den Hof gehen, vielleicht kann man durchs Fenster was sehen«, schlug Herr Kasimir vor.

14. KAPITEL

Der Hinterhof war trist. Mülltonnen, eine verrostete Teppichstange. Einziger Lichtblick: eine verschwenderisch blühende Vogelkirsche, die mir in dem bedrückenden Grau vorkam wie eine gefangene Prinzessin.

Ich deutete auf einen kleinen Balkon im Hochparterre. »Das muss die Wohnung sein.«

»Gut. Worauf wartest du dann noch?«, erwiderte Herr Kasimir ungeduldig.

Ich stöhnte. »Darauf, dass einer mit einer Leiter vorbeikommt.«

»Stell dich nicht so an!«, sagte Herr Kasimir. »Schieb eine von den Mülltonnen rüber, da kommst du schon irgendwie hoch.«

»Irgendwie …«, wiederholte ich gereizt »Und wenn mich einer sieht?«

»Das kann man dann auch nicht ändern«, gab er ungerührt zurück. »Dann musst du dir halt was einfallen lassen. »Aber das Blühzeug schirmt dich einigermaßen ab.«

»Blühzeug.« Ich schüttelte den Kopf. »Das ist eine Vogelkirsche.« – Ich kenne mich ziemlich gut mit Pflanzen aus, weil Oma Engel früher immer Pflanzenquiz mit mir gemacht hat, wenn wir im Park waren.

»Deine botanischen Kenntnisse sind erfreulich, bringen uns jetzt aber nicht weiter«, bemerkte Herr Kasimir spitz. Unverkennbar ärgerte ihn mein kleiner Wissensvorsprung.

Ich wuchtete also die Mülltonne unter den Balkon und versuchte hochzukommen. Wer das jemals ausprobiert hat, weiß, wovon ich rede. Marlowe beobachtete mich verwundert.

»Mach Platz und warte hier!«, fauchte ich ihn an.

Herr Kasimir krallte sich in meiner Schulter fest, was ich jedoch kaum spürte, weil mir der Rücken noch viel mehr wehtat. Ich war heilfroh, dass er die Klappe hielt, während ich wie ein Sack über der klebrigen Mülltonne hing, die aber leider nicht so klebrig war, dass ich nicht trotzdem daran abrutschte. Keine Ahnung wie, aber irgendwann hatte ich mich so weit hochgestemmt, dass ich mit einem beherzten Griff die untere Strebe des Balkongeländers erwischte, und mich hochziehen konnte.

»Bravo«, sagte Herr Kasimir, wobei ich nicht weiß, ob da nicht Spott mitschwang. Vom Deckel der Tonne aus, gelang es mir schließlich, über die Brüstung zu steigen. Ich ließ mich völlig erschöpft auf den Kunstrasen plumpsen. »Oh, verdammt, Einbrecher werd ich bestimmt nicht!«

»Schau lieber, ob du in der Wohnung was erkennen kannst«, fuhr mich Herr Kasimir an.

Ich rappelte mich ächzend auf und spähte durch die Balkontür. Idiotischerweise war aber die Gardine zugezogen, man konnte rein gar nichts erkennen. Ebenso wenig sah man durch das kleine Fenster daneben, das aber gekippt war. Und das brachte Herrn Kasimir auf folgende Idee: »Einer von uns passt durchs Fenster«, sagte er. »Du bist es nicht.«

Ich warf ihm einen entsetzten Blick zu. »Ich soll Sie durch diesen engen Spalt schieben? Bis zum Fensterbrett sind es dann immer noch fast vierzig Zentimeter. – Was, wenn Sie sich verletzen?«

»Quatsch!«, fuhr mir Herr Kasimir über den Mund. »Ich hab ja nun vier Pfoten zur Verfügung, ich werd schon heil aufkommen.«

Da ich auch keinen Alternativvorschlag hatte, pflückte ich ihn von der Schulter und tat, was er von mir verlangte.

»Jetzt lass mich los!«, befahl er, als ich den Arm vorsichtig durch den Fensterspalt gezwängt hatte.

Ich kniff mit einem Stoßgebet die Augen zu und ließ

ihn fallen. Ein verhaltenes Quietschen ließ sie mich wieder öffnen. »Alles okay mit Ihnen?«, rief ich.

»Bestens«, antwortete er zu meiner großen Erleichterung, und zog, vom Fensterbrett aus, den Vorhang mit den Zähnen beiseite.

Ich versuchte, durch die Lücke etwas zu erkennen. »Sehen Sie was von Monja?«

»Bis jetzt nicht«, antwortete er, während er nachdenklich auf den Teppich starrte. »Wie hoch mag das sein?«

Ich zuckte mit den Schultern. »Keine Ahnung, zu hoch jedenfalls.«

Dann kam nur noch: »Auf jeden Fall unter einem Meter.«

Und ehe ich auch noch Piep sagen konnte, sprang er.

Mir blieb fast das Herz stehen. »Herr Kasimir?«

Einen quälenden Moment lang herrschte Schweigen. Ich rechnete schon mit dem Schlimmsten, doch dann hörte ich ein Stöhnen und: »Beim nächsten Mal werd ich ein Eichhörnchen.«

»Alles in Ordnung mit Ihnen?«, rief ich bang.

»Geht schon wieder«, kam es zurück. »Hier im Zimmer ist Monja nicht. Zum Glück ist die Wohnzimmertür nur angelehnt, sonst hätten wir ein unlösbares Problem. – Ich gehe sie jetzt suchen.«

Höchstens zwei Minuten später erklang der typische

Alarmton, den Meerschweinchen ausstoßen, wenn sie sehr aufgeregt sind. Dieses Pfeifen entfuhr Herrn Kasimir nur, wenn etwas wirklich Dramatisches vor sich ging.

»Was ist?«, rief ich durch den Fensterspalt.

Nach einer kurzen Pause meldete er sich wieder. Seine Stimme klang panisch. »Wir brauchen sofort einen Krankenwagen. Monja liegt vor ihrem Schlafzimmer im Flur. Sie ist bewusstlos, aber ich glaube, sie atmet noch. Ruf sofort den Notarzt!«

Für einen Moment war ich völlig konfus. Mit bebenden Händen fummelte ich das Handy aus der Jeans. »Notarzt. Scheiße, welche Nummer war das nur gleich?«

»112, Herrgott, beeil dich!«, sagte Herr Kasimir.

In diesen nervenzerreißenden Moment platzte plötzlich eine unbekannte männliche Stimme. »Was machst du auf dem Balkon, da oben?«

Ich wirbelte herum. Wieder erkannte ich sofort, dass es der Hausmeister sein musste. Hausmeister schienen ja wirklich immer genau dann aufzutauchen, wenn man sie am wenigsten brauchte. Verdammt! Ich winkte ab, weil sich soeben der Notruf meldete. »Warten Sie!«, sagte ich zu dem Mann im Hof, der, die Arme in die Hüften gestemmt, aber mit einigem Abstand zu Marlowe, unterm Balkon stand und mich drohend anblickte. Stockend gab ich die notwendigen Informationen durch.

»Wenn die Frau bewusstlos ist«, sagte die Stimme am anderen Ende der Leitung, »bring sie in die stabile Seitenlage! Ich hoffe, du weißt, wie das geht? Ich schicke sofort einen Wagen los.«

Stabile Seitenlage, das Wort fuhr Achterbahn in meinem Kopf. Gehört hatte ich davon, aber ich hatte keine Ahnung, wie das ging. Zuerst musste ich überhaupt mal in die Wohnung kommen. – Jetzt hieß es, cool bleiben.

Ich wandte mich dem Mann im Hof zu. »Hören Sie, ich wollte meine Kusine besuchen. Wir waren fest verabredet. Als sie nicht aufgemacht hat, kam mir das unheimlich vor. – Sie braucht dringend einen Arzt. Sie liegt bewusstlos in der Wohnung.«

Die Miene des Hausmeisters verlor schlagartig alle Feindseligkeit. Dann kam Bewegung in ihn. »Wart da oben! Ich besorg rasch den Ersatzschlüssel.«

Während er unterwegs war, informierte ich Herrn Kasimir, dass er sich verkrümeln sollte, wenn gleich die Tür geöffnet wurde.

»Sie hat keine äußerlichen Verletzungen«, sagte er. »Mir scheint, dass wir hier ein bekanntes Muster vor uns haben.«

Ich schüttelte fassungslos den Kopf. »Schon wieder K.-o.-Tropfen?«

»Ich fürchte, ja, auch wenn mir noch unklar ist, wie man ihr das Zeug verpasst hat.«

Er hatte kaum ausgesprochen, als jemand die Wohnung aufsperrte. Herr Kasimir rettete sich unters Sofa. Ich musste mich noch einen Moment gedulden, bis der Hausmeister mir die Balkontür öffnete. Er schüttelte bekümmert den Kopf. »Frau Sander ist tatsächlich bewusstlos.«

Ich nickte und war froh, dass ihm in der Aufregung nicht auffiel, dass ich das vom Balkon aus unmöglich hatte sehen können. Ich folgte ihm in den Flur. Monja lag auf dem Teppichboden und rührte sich nicht. Der Hausmeister kniete sich neben sie und ergriff ihr Handgelenk. »Kaum Puls, aber sie lebt«, sagte er erleichtert. Dann drehte er sie mit ein paar geschickten Griffen auf die Seite und bog ihren Kopf etwas nach hinten. Ich sah ihm stirnrunzelnd zu.

»Damit sie nicht erstickt, falls sie sich übergeben muss«, erklärte er.

»Ist das diese stabile Seitenlage?«, erkundigte ich mich, dankbar, offensichtlich an jemanden geraten zu sein, der etwas davon verstand.

Er nickte. »Erste Hilfe sollte jeder beherrschen. Das Rote Kreuz bietet übrigens auch Kurse für Jugendliche an.«

Im Hintergrund hörte ich plötzlich wieder Herrn Kasimirs Stimme: »Der Mann hat völlig recht. Es schadet auch der Tochter eines Bestatters nicht, sich gelegentlich um das Überleben ihrer Mitmenschen zu kümmern.«

Ich drehte mich um und entdeckte eine kleine Schnauze hinterm Schirmständer. Ich verdrehte die Augen. In diesem Augenblick klingelte es. Dann übernahmen Profis das Feld, zwei Sanitäter und ein Notarzt.

Der Arzt kniete sich neben Monja. »Frau Sander, können Sie mich hören?«

Monja gab keinen Mucks von sich. Er tätschelte ihre Wangen und rief sie immer wieder beim Namen, aber ohne Erfolg. Dann schob er ihre Augenlider zurück. »Stark erweiterte Pupillen«, stellte er fest und legte ihr das Blutdruckgerät an. »Viel zu niedrig – Puls extrem flach«, sagte er schließlich und sah hoch. »Wer von Ihnen beiden hat uns benachrichtigt?« – Er meinte den Hausmeister und mich.

Ich hob zögernd die Hand. »Ich bin ihre – äh – Kusine.«

Der Arzt nickte den Sanitätern zu. »Wir müssen sie mitnehmen.« Dann wandte er sich wieder mir zu. »Das Ganze sieht nach Drogen aus. Hast du eine Ahnung, ob und was sie nimmt?«

»Äh, i-ich weiß nicht«, stotterte ich.

»Klar weißt du das«, meldete sich Herr Kasimir zu

Wort. »Sag Ecstasy, GHB ist fast dasselbe, dann wissen sie gleich, was zu tun ist.«

Meine Unsicherheit hatte den Arzt misstrauisch gemacht. Er sah mich fragend an.

»Ecstasy vielleicht«, sagte ich. »Irgendwann hat sie mal erzählt, dass sie es in einer Disco probiert hat.«

Der Arzt runzelte die Stirn. »Die Symptome würden passen. Sie muss allerdings ziemlich viel davon erwischt haben. – Ich fürchte, das wird auch noch ein polizeiliches Nachspiel haben, falls sich das bestätigen sollte.«

Ich nickte. »Das ist gut. Am besten, Sie melden es gleich heute noch.«

Alle sahen mich verwundert an.

»Na ja«, sagte ich verlegen. »Zu ihrem eigenen Schutz natürlich, vielleicht macht sie es dann nicht mehr.«

Der Hausmeister warf mir einen anerkennenden Blick zu. »Du bist ein sehr vernünftiges Mädchen.«

»Möchtest du mitfahren? Wir bringen sie ins Marien-Krankenhaus«, fragte mich der Arzt, als die Sanitäter Monja auf einer Trage aus der Wohnung trugen.

»Nein danke«, sagte ich geistesgegenwärtig. »Ich hab mein Fahrrad hier und mein Hund wartet unten. Aber ich bring Monja nachher noch ein paar von ihren Sachen. – Sie wird doch wieder?«

Der Arzt klopfte mir auf die Schulter. »Keine Angst,

wir kriegen das Kusinchen schon wieder hin. – Und du sorgst dafür, dass so was nie wieder vorkommt.«

Dass ich Monja noch ein paar Sachen bringen wollte, leuchtete dem Hausmeister ein. So war es kein Problem für ihn, dass ich mir Monjas Schlüssel vom Schlüsselbrett nahm, um zuallererst Marlowe hochzuholen.

Marlowe überschlug sich schier vor Freude, als ich ihn zu mir rief. Er hatte die ganze Zeit über treu an dem Platz gelegen, den ich ihm angewiesen hatte. Ich schlang meine Arme um ihn und lobte ihn in den höchsten Tönen. In solchen Momenten bin ich immer wieder aufs Neue von seinem Pflichtbewusstsein gerührt.

Als wir in die Wohnung zurückkamen, trippelte uns schon Herr Kasimir entgegen. »Hast du die Haarbürste mitgebracht?«

Ich nickte und griff in die Tasche meines Hoodies.

»Marlowe soll unbedingt noch die Wohnung abschnüffeln«, sagte Herr Kasimir. »Vielleicht hilft es uns weiter, wenn wir wissen, wo die Bellingheim überall war.«

Nachdem Marlowe erneut die Bürste beschnuppert hatte, lief er auf direktem Weg in die Küche. Da ich bisher noch keine Gelegenheit gehabt hatte, mich hier umzusehen, sah ich erst jetzt, dass Monja offenbar als Letztes gefrühstückt hatte. Auf dem Tisch standen eine leere Tasse und ein Teller mit einem angebissenen Marmeladebrot. Die Kaffeemaschine neben der Spüle war noch an. Auf der Wärmeplatte – eine Glaskanne halb voll mit Kaffee.

Marlowe peilte sofort die Spüle, beziehungsweise die Arbeitsplatte daneben an, so genau konnten wir das zunächst nicht festmachen. Jedenfalls schien Olivia hier etliche Duftmarken hinterlassen zu haben. Schließlich stellte er sich auf die Hinterbeine und bellte die Kaffeemaschine an, als wäre sie sein schlimmster Feind.

»Bingo«, sagte Herr Kasimir. »Gib ihm gleich ein Stück Käse! Er hat es verdient. – Völlig klar, das Mittel war im Wasserbehälter der Kaffeemaschine.«

Ich sah ihn entsetzt an. »Wie gemein!« Dann zog ich Marlowe von der Arbeitsplatte weg, lobte ihn mächtig und gab ihm seine Belohnung.

Schaudernd blickte ich auf die Kaffeemaschine. »So konnte die Bellingheim davon ausgehen, dass Monja die K.-o.-Tropfen gleich am Morgen zu sich nimmt. Sie wollte unbedingt verhindern, dass Monja zur Beerdigung kommt. – Mist, das ist ihr jedenfalls gelungen.«

Herrn Kasimirs Barthaare zitterten. »Solang die Frau frei herumläuft, muss man um Monjas Leben fürchten.«

Ich nickte bedrückt. »Momentan ist sie in Sicherheit. – Wenn dieser Kommissar Flatter doch nur nicht so arrogant wäre …!«

Nachdem Marlowe mit triefenden Lefzen seinen Käse verspeist hatte, schnupperte er plötzlich erneut durch die Küche. Bei einem Korb mit leeren Flaschen blieb er jäh stehen. Sein bulliger Körper vibrierte vor Spannung. Ich ging zu ihm hin und streichelte ihn. »Es ist gut, Marlowe, du hast doch schon gefunden, wonach wir gesucht haben.«

Aber da schlug Marlowe schon vehement an. »Aus!«, befahl ich und versuchte, ihn wegzuziehen. »Nicht jedes Bellen wird belohnt.« Doch der stämmige Hund ließ sich nicht beruhigen.

Herr Kasimir beobachtete ihn aufmerksam. »Marlowe ist kein Kläffer. Ich glaub, ich weiß jetzt, warum er bellt. Die Bellingheim hat die Champagnerflasche mitgehen lassen.«

Ich schüttelte den Kopf. »Aber Monja hatte die Flasche doch zur Polizei gebracht.«

»Denk nach!«, gab Herr Kasimir zurück. »Du bist doch sonst so superschlau.«

»Mann!«, stieß ich aus. »Genau, es gibt zwei Flaschen! – Dann denkt sie sicher, sie hat das Beweisstück in Händen. Wenn sie jetzt noch Monja ausschalten könnte, wäre sie aus dem Schneider.« Ich kramte ein weiteres Käsestück aus der Plastiktüte und verfütterte es an Marlowe, der hocherfreut mit dem Schwanz wedelte, weil ich ihn endlich verstanden hatte.

In diesem Moment läutete Monjas Telefon. Ich fuhr zusammen. »Soll ich drangehen?«

Herr Kasimir dachte einen Moment nach. »Überlass das dem Anrufbeantworter.«

Wir ließen es also läuten. Kurz darauf meldete sich der AB, der auf laut gestellt war. Dann hörten wir eine Stimme. Ich lief ins Wohnzimmer. Wir erkannten sie auf Anhieb – es war Olivia Bellingheim.

»Monja«, säuselte sie. »Bist du daheim? Ich würde gern noch mal mit dir sprechen. Du darfst dich nicht in so ein Hirngespinst hineinsteigern.« Abwartendes Schweigen. Dann: »Geh doch ran!« Wieder Schweigen. »Monja?« Darauf hörte man Olivia zu jemandem sagen: »Sie meldet sich nicht. Du weißt, was das heißt.« Das war das Letzte, das wir mitbekamen, denn die Anruferin legte auf.

Mir brach der kalte Schweiß aus. Mit diesem Anruf hatte sich Frau Bellingheim vergewissert, ob Monja noch in der Lage war, ans Telefon zu gehen. »Als Nächstes wird sie hier aufkreuzen«, sagte ich beklommen.

»Keine Angst«, beruhigte mich Herr Kasimir. »Bis sie hier ist, sind wir längst weg. Vorher müssen wir Monjas Handy finden, da ist die E-Mail von Olivia bestimmt noch drauf. Und die Kaffekanne nehmen wir auf jeden Fall auch mit.«

Während ich im Schlafzimmer nach Monjas Smartphone suchte, sagte Herr Kasimir: »An Monjas Fall lässt sich wunderbar nachvollziehen, wie die feinen Chorfreundinnen vorgegangen sind. Die Tropfen machen das Opfer müde, es legt sich hin. – Monja hat es ja nicht mal mehr ins Schlafzimmer geschafft. – Alles andere ist ein Kinderspiel, und mit einem Kissen zu bewerkstelligen.«

»Und Dr. Bellingheim?«, wandte ich ein.

»Zugegeben, das passt nicht ganz ins Schema«, räumte Herr Kasimir ein. »Warum, werden wir wahrscheinlich schon bald erfahren.«

Damit sollte er schneller recht behalten, als uns lieb war.

15. KAPITEL

Monjas Handy war unauffindbar. Olivia musste es bei ihrem nächtlichen Besuch schon an sich gebracht haben. Ich schlug die Kaffeekanne, behutsam und ohne die Fingerabdrücke zu verwischen, in ein Frotteehandtuch aus dem Badezimmer ein. Schließlich umwickelte ich das Ganze mit Haushaltsfolie, weil ich keine Plastiktüte finden konnte. Ich war gerade fertig geworden, als es klingelte. »Scheiße«, zischte ich. »Sie ist schon da!«

In diesem Moment geriet ich wirklich in Panik. Marlowe, der meine Angst spürte, setzte sich dicht neben mich, als wolle er sagen: »Keine Sorge, ich beschütze dich.«

Herr Kasimir klickte sich in mein Gefühlschaos ein. »Ich glaub kaum, dass unser Möchtegern-Filmstar eine Waffe besitzt. Sie ist feig, sie wird nicht kämpfen.«

Ich sah ihn zweifelnd an. Dieser Frau traute ich inzwischen alles zu.

Herr Kasimir versuchte mich zu beruhigen. »Behalte jetzt die Nerven!«

Ich nickte stumm. Ein erneutes Klingeln fuhr mir durch alle Glieder.

»Wenn sie dir wirklich zu nah kommt, wird Marlowe sie schon Mores lehren«, fügte er in einer Kaltschnäuzigkeit hinzu, die ich nicht begreifen konnte.

Seine gestelzte Ausdrucksweise nervte mich. *Mores lehren*. Ich war mir alles andere als sicher, dass Marlowe eine zu allem entschlossene Frau wie Olivia wirklich einschüchtern konnte.

Dann drehte sich ein Schlüssel im Schloss. Ich zog in letzter Sekunde ein Fleischmesser aus dem Messerblock. Jemand betrat die Wohnung. Zu allem bereit starrte ich auf die Tür. Davor hörten wir Schritte. Ich wagte nicht zu atmen. Marlowe straffte sich, blieb aber still. Einen aufreibenden Moment später öffnete sich die Küchentür und wir standen uns gegenüber. Wer mehr verdutzt war, der unerwartete Eindringling oder ich, könnte ich wirklich nicht sagen. Ich ließ das Messer sinken. »Frau Knappmann, Sie?«

Aus dem Gesicht unter dem knallrot gefärbten Haarschopf wich alle Farbe. Für einen Moment schien sie mir fast umzukippen. Sie umklammerte die Klinke. »Wa-was mach-machst du denn hier?«, stotterte sie mit einem verstörten Blick auf Herrn Kasimir. Das merkwürdige Mädchen mit dem Meerschweinchen war das Letzte, was sie hier erwartet hatte.

»Das wollte ich Sie auch gerade fragen?«, gab ich zurück. »Falls Sie Monja suchen, die hat vorhin der Notarzt abgeholt.«

Frau Knappmann blickte angstvoll auf den großen Hund neben mir. Sie atmete schwer. »Wa-was weißt du?«

Sie stand unverkennbar unter Schock. Sie war jetzt kaum in der Lage, mich anzugreifen, zumal sie mir körperlich kaum überlegen war. Ich sammelte mich und legte das Messer weg. »Ich weiß genug, um Sie und Ihre Freundin wegen gemeinsamen Mordes an Ihren Ehemännern ins Gefängnis zu bringen.«

Frau Knappmann starrte mich fassungslos an. Dann brach sie mit einem klagenden Laut, der aus dem Abgrund ihrer Seele zu platzen schien, in Tränen aus. Ich brachte das Messer aus ihrer Reichweite und schob ihr einen Stuhl hin. »Wollen Sie sich setzen?«

Frau Knappmann ließ sich völlig aufgelöst am Küchentisch nieder. »Sie hat mich gezwungen«, schluchzte sie. »Aber ich hab Dr. Bellingheim nicht umgebracht, es war ein Unfall. – Ich bin nicht so!« Sie heulte laut auf. »Ich bin doch keine Mörderin!«

Ich riss ein Stück Küchenpapier von der Rolle und reichte es ihr. »Es sieht aber ganz so aus«, sagte ich.

»Sie haben K.-o.-Tropfen in den Wodka Ihres Mannes gegeben?«

Sie sah mich entsetzt an. »Deshalb warst du noch mal bei uns in der Wohnung?«

Ich zuckte mit den Schultern. »Nicht deshalb, aber ich hab die Flasche und werde sie noch heute zur Polizei bringen. Die Champagnerflasche, in der das Mittel für den armen Dr. Bellingheim war, hat Monja schon gestern zur Kripo gebracht. Sie sehen, die Schlinge zieht sich zu.«

Frau Knappmann ließ den Kopf auf die Arme sinken und weinte leise. Mit rot umränderten Augen sah sie schließlich hoch. »Ich werde mich stellen. – Ich geb ja zu, dass ich dieses Zeug in Richards Wodka gemischt habe. – Dieser Mann hat mein Leben zerstört. Aber es war Olivias Plan. Sie hat die Tropfen auch besorgt, ich weiß gar nicht genau, was es war.«

Ich nickte. »Das hab ich mir schon gedacht. Und während Sie im Chor Kirchenlieder gesungen haben, ist Ihre Freundin in Ihre Wohnung gegangen um Ihren bewusstlosen Mann mit einem Kissen zu ersticken.«

Frau Knappmann wischte sich mit dem Küchenpapier über die Augen. »Aber wie bist du nur darauf gekommen?«

Ich sah sie ernst an. »Sie haben so ungewöhnlich kaltherzig auf den plötzlichen Tod Ihres Mannes reagiert.«

Frau Knappmann riss die Augen auf. »Und das war alles?«

»Na ja, das hat mich misstrauisch gemacht«, antwortete ich. »Als Tochter eines Bestatters weiß ich, dass nicht jeder bescheinigte natürliche Tod auch natürlich war. Zumindest im Bestattungshaus Engel soll kein Mord mehr unentdeckt bleiben.«

»Aber wie bist du auf Olivia und jetzt Monja gekommen?«, fragte sie leise.

Ich schüttelte den Kopf. »Wie ich das alles herausgefunden habe, spielt jetzt keine Rolle. Sagen Sie mir lieber, wie das mit Dr. Bellingheim passiert ist.«

Frau Knappmann starrte auf die Tischplatte. »Olivias Plan war, dass wir uns gegenseitig aus der Patsche helfen. – Wie in diesem alten Hitchcock-Film.«

Ich nickte. »*Der Fremde im Zug.*«

Sie schluchzte auf. »Olivia fand die Idee großartig. – Aber das richtige Leben ist eben kein Drehbuch. Oh Gott! Wie konnte sie mich da nur reinziehen?« Tränen rollten über ihr verhärmtes Gesicht. »Aber ich bin in dieser Ehe doch fast vor die Hunde gegangen.«

Mit tonloser Stimme berichtete Frau Knappmann dann Folgendes: Nachdem Olivia ihren Teil erfüllt hatte, bereitete sie einen Freitag später bei sich daheim alles vor. Ehe sie zum Chor ging, lud sie ihren Mann zu einem gemeinsamen Glas Champagner ein. Sie gab das

Mittel in die Flasche, weil sie hoffte, dass er die Flasche schnell leer machen würde – er trank für sein Leben gern Champagner. Sie selbst kippte den Inhalt ihres Glases in eine Zimmerpflanze. Es war ausgemacht, dass Frau Knappmann eine Stunde später zur Villa kommen sollte. Sie sollte klingeln und wenn Dr. Bellingheim sich nicht meldete, aufschließen. Danach sollte sie dem Mann, der sich gewiss hingelegt hatte und inzwischen bewusstlos sein dürfte, ein Kissen auf Mund und Nase drücken. Aufgrund seines großen beruflichen Stresses würde ein plötzlicher Herzstillstand keinen Argwohn wecken.

Allmählich wurde mir klar, warum der Plan schiefgegangen war. Monja hatte mir erzählt, dass sie an jenem Abend noch mit Dr. Bellingheim verabredet war. Also trank er nicht so viel. Für den großen Mann reichte die Dosis deshalb nicht bis zum Blackout. Dennoch machte ihn das tückische Mittel müde und schwindlig. Er ging ins Schlafzimmer, um sich hinzulegen. Als Frau Knappmann unten läutete, schwankte er zur Treppe, verlor den Halt und stürzte hinunter.

»Ich hörte ein fürchterliches Rumpeln«, schloss Frau Knappmann. »Als ich aufsperrte, lag er in der Diele. Er muss sofort tot gewesen sein.« Sie verbarg das Gesicht in den Händen. »Ich hätte ihn nie umbringen können. Ich hätte es nie im Leben getan!«

»Heuchlerin«, hörte ich plötzlich wieder Herrn Kasimirs Stimme. »Und was will sie dann hier in Monjas Wohnung?«

Mein aufkommendes Mitgefühl mit der unglücklichen Frau vor mir, erstarb im Keim. Wut stieg in mir hoch. »Und was Sie an Dr. Bellingheim nicht zu Ende bringen konnten, wollten Sie jetzt bei Monja durchziehen!«

Wieder schluchzte sie auf. »Olivia hat mich gezwungen. Sie hat gesagt, dass ich ihr noch die Gegenleistung schuldig wäre. Sie hätte sich schließlich auch die Hände schmutzig gemacht. Und wenn Monja bei der Beerdigung heute einen Eklat machen würde, würde sie mich damit auch hochgehen lassen.« Bitter zerknüllte sie das Papiertuch. »Ich kenn diese Monja nicht mal. Ich hätte das nie übers Herz gebracht. Auf dem Weg hierher, hab ich mich entschlossen, selbst zur Polizei zu gehen. – Jetzt hab ich Olivias wahres Gesicht erst richtig kennengelernt. Ich hab sie immer so bewundert. Aber sie ist genau, was alle anderen über sie sagen: selbstsüchtig und berechnend.« Frau Knappmann suchte meinen Blick. »Glaub mir, ich wollte nur sehen, ob Monja Hilfe braucht. Ich wollte nicht, dass noch mehr Blut an meinen Händen klebt. Mord ist keine Lösung. Obwohl ich Richard gehasst habe, verfolgt mich meine Schuld Tag und Nacht. Ich hatte gehofft, dass mich die Vorfreude auf die Kreuzfahrt ablenken würde.« Sie seufzte. »Eine Kreuzfahrt war immer ein Traum von mir. Aber jetzt freue ich mich überhaupt nicht mehr darauf. Ich bin innerlich so leer. – So leer …«

Ich schwieg. Anders als Olivia war sie keine gute Schauspielerin, nur deshalb war ich ihr ja auf die Schliche gekommen. Irgendwie kaufte ich ihr die Schuldgefühle ab. »Und was jetzt?«, fragte ich.

Frau Knappmann starrte aus dem Fenster. »Ich gehe jetzt zur Polizei und stelle mich.« Sie fasste sich an die Stirn. »Oh mein Gott, diese Schande. Ob sie mich gleich einsperren?«

Ich zuckte mit den Schultern. »Das weiß ich nicht.«

»Du darfst sie jetzt auf keinen Fall gehen lassen«, meldete sich Herrn Kasimirs erregte Stimme. »Weiß der Himmel, was sie ausheckt. Wir haben keinen Zeugen für dieses Gespräch. Am Ende tut sie sich noch was an.«

Ich presste die Lippen zusammen, in meinen Kopf wirbelten die Gedanken. Er hatte völlig recht. Aber die Polizei anzurufen war sinnlos. Meine Geschichte würde mir bestimmt keiner glauben. Doch was dann? *Felix,* dachte ich plötzlich. Felix musste kommen, dann hatten wir nicht nur einen Zeugen, er würde sie auch sicher zur Polizei bringen.

»Sie können jetzt nicht gehen, Frau Knappmann.«

Damit lotste ich Marlowe zur Wohnungstür im Flur. »Platz!«, befahl ich. Mein stämmiger Torwächter würde niemanden hier durchlassen, wenn ich es ihm nicht erlaubte.

Als ich in die Küche zurückkam, erhob sich Frau Knappmann kraftlos, sie zitterte am ganzen Leib. »Du kannst mich nicht hierbehalten.«

»Setzen Sie sich wieder«, sagte ich so sanft wie möglich. »Ich kann Sie nicht einfach gehen lassen. Aber ich rufe jetzt meinen Bruder an, der wird sie zur Polizei fahren.«

Sie ließ sich widerstandslos in den Stuhl zurücksinken und blickte wie versteinert ins Leere, während ich schon Felix' Nummer wählte. Er ging nicht gleich dran, obwohl ich sicher war, dass er daheim sein musste. Ich wusste, dass er sich zwischen den Klausuren in seiner Wohnung verschanzte, um ungestört lernen zu können. Endlich nahm er ab. Unser Gespräch lief etwa so ab:

»Mann, wo warst du denn!«, stieß ich aus.

»Sorry, Schwesterchen! Bleib cool! Ich war im Bad. Na, wer ist denn jetzt wieder umgebracht worden?«

»Heute noch keiner – bis jetzt. Aber ich brauch unbedingt deine Hilfe!«

Schweigen.

»Muss ich mir Sorgen um dich machen?«

»Allerdings, wenn du noch lang rummachst. Ich erzähl dir nachher alles. Spring jetzt ins Auto und fahr zu folgender Adresse …«

Angesichts meiner wohl ziemlich erregten Stimme, und der Tatsache, dass er mir schon einmal das Leben gerettet hatte, fragte er nicht lange weiter, sondern machte sich sofort auf den Weg. Felix lässt zwar definitiv zu oft den großen Bruder raushängen, aber wenn's drauf ankommt, kann ich mich hundertpro auf ihn verlassen.

Ich hatte kaum aufgelegt, als Frau Knappmanns Handy klingelte. Sie fuhr zusammen. Mit zitternden Fingern fischte sie es aus der Jackentasche. »Olivia«, hauchte sie mit einem entsetzten Blick auf das Display.

»Sie soll auf keinen Fall rangehen!«, sagte Herr Kasimir.

Frau Knappmann starrte auf das schrill klingelnde Telefon und schüttelte verzweifelt den Kopf. »Was soll ich ihr sagen? Was soll ich ihr nur sagen?«

»Gar nichts«, sagte ich, »lassen Sie es läuten!«

Kurz darauf verstummte der entnervende Klingelton, der Frau Knappmann aber jäh aus ihrer Lethargie gerissen hatte. »Es ist schrecklich«, jammerte sie, als seien ihr schlagartig die Konsequenzen ihrer Tat bewusst geworden. »Jetzt ist mein Leben erst recht zerstört. Was wird Patrick von mir denken?«

Ich antwortete nicht.

»Tja, das hat schon unser alter Friedrich Schiller auf den Punkt gebracht«, kommentierte Herr Kasimir ihren Ausbruch. »Der Wahn ist kurz, die Reue lang.«

Manchmal hat er wirklich das Gefühlsleben eines Betonblocks. Mir tat sie trotz allem irgendwie leid. Sie war Opfer und Täter zugleich.

Als ich klein war, dachte ich immer, die Erwachsenen würden genau wissen, was sie tun. Aber je älter ich werde, desto größer werden meine Zweifel. Erwachsene machen genauso viele Fehler wie Kinder, nur haben ihre Fehler schlimmere Auswirkungen. Sie sind genauso selbstsüchtig, neidisch und gierig. Obwohl ich so viel jünger war, fühlte ich mich dem rothaarigen Häufchen Elend vor mir irgendwie überlegen. Genießen konnte ich das allerdings nicht. Es war mir eher unangenehm, weil ich wirklich nicht wusste, was ich nun noch zu ihr sagen sollte.

Ich war froh, als es endlich klingelte. Ich lief zur Tür.

»Wer zum Teufel ist Frau Sander«, platzte Felix mit einem Blick auf das Türschild los.

»Erzähl ich dir gleich«, sagte ich. »Komm erst mal rein!«

Nachdem ihn Marlowe erfreut begrüßt hatte, schob ich ihn in die Küche. Frau Knappmann hob den Kopf. Felix stutzte. »Wieso ist sie denn auch hier?«

»Weil ihr Mann eben doch nicht eines natürlichen

Todes gestorben ist«, antwortete ich. »Setz dich und hör mir wenigstens jetzt mal zu!«

So knapp es mir nur möglich war, informierte ich Felix über den Stand der Dinge. Während ich redete, unterbrach er mich kein einziges Mal, ließ aber kein Auge von Frau Knappmann, die mit hängenden Schultern auf den Tisch starrte. Dass sie mir zu keinem Zeitpunkt widersprach, erhöhte meine Glaubwürdigkeit bei Felix offenbar.

»Die Petechien«, sagte er langsam. »Na ja, die fand ich schon auch merkwürdig. Aber wer denkt denn gleich an Mord.«

»Das ist doch genau das Problem«, konterte ich. »Keiner. Wenn das mit Herrn Kasimir nicht passiert wäre, hätte ich auch nicht daran gedacht.«

Sein Blick wanderte zu dem Meerschweinchen, das auf meiner Schulter saß und finster zurückblickte. Ich wusste, was in Felix vorging. Er erinnerte sich noch genau an das Gespräch, das wir damals über Herrn Kasimir geführt hatten.

»Sag ihm, was Oscar Wilde gesagt hat«, wies mich Herr Kasimir an. »Skeptizismus ist der Anfang allen Glaubens.«

Ich räusperte mich. »Herr Kasimir sagt – äh, würde jetzt sagen: Skeptizismus ist der Anfang allen Glaubens.«

Felix hob die Augenbrauen. »So, sagt er das?« Trotz seines ironischen Tons hörte ich Verunsicherung in seiner Stimme.

»Genau genommen hat das wohl Oscar Wilde gesagt«, ergänzte ich, um noch eins draufzusetzen. »Herr Kasimir liebt Zitate.«

Felix stand auf. »Okay, lass den Quatsch, Valentine!« Er wandte sich an Frau Knappmann. »Kommen Sie, ich bring Sie jetzt zum Kommissariat.«

Mit dem Ausdruck eines Opfertiers, das zur Schlachtbank geführt wird, erhob sich Frau Knappmann.

Herr Kasimir meldete sich erneut zu Wort. »Sag ihr, wenn sie sich freiwillig stellt, bringt ihr das im Prozess Punkte. Und sie soll sofort auf einen Anwalt bestehen!«

Ich gab seine Mitteilung weiter.

Sie nickte abwesend.

»Kommst du mit?«, erkundigte sich Felix.

Ich schüttelte den Kopf. »Aber nimm das hier gleich mit! Da ist die Kaffeekanne mit den K.-o.-Tropfen für Monja drin.« Damit reichte ich ihm das gut verpackte Beweisstück. »Mein Fahrrad steht unten, ich muss heim und mich umziehen. Ich will unbedingt zur Beerdigung von Dr. Bellingheim. Vielleicht wird Olivia gleich von dort weg verhaftet. Das muss ich sehen.« Ich sah Frau Knappmann fragend an. »Sie werden doch gegen sie aussagen?«

»Sie war einmal meine beste Freundin«, antwortete sie weinerlich. »Aber jetzt …« Ihre Stimme erstarb.

Als Felix gegangen war, bemerkte ich, dass Marlowe sehnsüchtig zur Spüle hochstarrte. Er hatte ganz offensichtlich Durst. Emmentaler ist eigentlich viel zu salzig für einen Hund, aber für ihn ist Käse nun mal einfach das Höchste. Das einzige geeignete Gefäß, das ich finden konnte, war Monjas Salatschüssel. Okay, Mum würde einen Anfall kriegen, wenn ich unsere nehmen würde. Aber Marlowes Bedürfnisse waren mir jetzt wichtiger als kleinliche Hygienebedenken. Während Marlowe gierig sein Wasser schlabberte, setzte ich mich an den Tisch und gönnte mir einen Müsliriegel, schließlich hatte ich noch nicht mal gefrühstückt. Ich bot Herrn Kasimir ein Stück an. »Wollen Sie auch?« Diesmal nahm er an. Während wir auch noch den zweiten Riegel verdrückten und uns über die jüngsten Ereignisse unterhielten, klingelte es.

Ich schrak zusammen.

16. KAPITEL

Mir wurde richtig schlecht. »Wer kann das sein?«

»Weißt du das wirklich nicht?«, antwortete er.

Natürlich ahnte ich, wer das war. Leise stand ich auf und spähte aus dem Fenster. Vor dem Haus parkte ein weißer Sportwagen. »Olivia«, zischte ich. »Scheiße!«

»Sie hat keinen Schlüssel mehr, den hat sie ihrer Freundin gegeben«, beruhigte mich Herr Kasimir. »Bestimmt fährt sie gleich wieder weg.«

Es klingelte noch zweimal. Wir saßen wie auf Kohlen und warteten hinter der Gardine, dass sie endlich zurück zum Wagen ging. Doch dann hörten wir plötzlich ein Geräusch. Erschreckend nah. Marlowe richtete sich auf.

Herr Kasimir pfiff leise. »Verdammt, das kommt aus dem Wohnzimmer!«

Noch heute wird mir ganz anders, wenn ich an diesen Moment zurückdenke. »Oh Mann, wie ist sie bloß reingekommen?«, flüsterte ich.

»So wie du«, sagte Herr Kasimir. »Wahrscheinlich hast du die Balkontür offen gelassen.«

Meine Hände wurden feucht. »Und was soll ich jetzt machen?«

»Du machst gar nichts, überlass das deinem Leibwächter!« Seine Stimme klang bemerkenswert gelassen. »Lass ihn noch mal an der Bürste schnuppern!«

Mit zitternden Händen hielt ich Marlowe erneut die Bürste unter die Nase. »Such, Marlowe! Such!« Damit öffnete ich die Küchentür und Marlowe raste so begeistert los, als läge ein Wagenrad Schweizer Käse im Jackpot.

Was dann geschah, ereignete sich innerhalb weniger Atemzüge. Zuerst hörten wir einen Aufschrei und das Gebell eines sehr zufriedenen Hundes. Als ich mich mit klopfendem Herzen und im Vertrauen auf Marlowes Wirkung ins Wohnzimmer wagte, hing Olivia sehr undamenhaft mit einem Bein bereits wieder über der Balkonbrüstung. Offenbar hatte sie fluchtartig den Rückzug angetreten. Doch Marlowe machte kein Hehl daraus, dass er sie nicht kampflos entlassen würde. Er bleckte die Zähne und knurrte bedrohlich.

Ihr Anblick wäre unter allen anderen Umständen eine Lachnummer gewesen. Sie war schon im Trauer-Outfit, unverkennbar hatte sie sich bereits für die Beerdigung fertig gemacht. Jedenfalls war sie für eine Kletterpartie definitiv overdressed. Sie musste schon verdammt unter Druck sein, dass sie den Weg über den Balkon gewagt hatte. Ich fragte mich, wie sie in dem engen schwarzen Minirock überhaupt auf die Mülltonne gekommen war. Bemalung und Frisur hatten dabei sichtlich gelitten. Ihre Schuhe hatte sie wohl unten stehen lassen, vermutlich weil sich hohe Absätze zum Klettern nicht gut eigneten. Ihre schwarze Strumpfhose war zerrissen, der Rock hochgerutscht, die Spitze eines Unterrocks blitzte hervor.

Olivia sah mich an, als wäre ich ein Gespenst. »Wer bist du denn?« Dann stutzte sie. »Bist du nicht die Tochter des Bestatters?«

»Genau.« Ich versuchte, das Beben in meiner Stimme zu verbergen. »Sie wollten wohl zu Monja?«

Man konnte geradezu sehen, wie es hinter ihrer gelifteten Stirn arbeitete. Dann gab sie sich einen Ruck. »Monja ist eine gute Freundin von mir. Sie war so bedrückt in den letzten Tagen.« Sie legte Sorge in ihre Stimme. »Und als sie heute nicht ans Telefon ging, hab ich wirklich das Schlimmste befürchtet. – Leider hab ich keinen Schlüssel, aber die Balkontür stand weit offen.«

Ich spielte die Ahnungslose. »Schön, dass Monja so gute Freunde hat. – Sie ist tatsächlich schon im Krankenhaus.«

Olivia wurde kreidebleich. »Das ist ja schrecklich!«

»Ja, das ist wirklich schrecklich«, wiederholte ich, und dachte, dass das vor allem für Olivia schrecklich war.

Die zerzauste Witwe zog das Bein auf den Balkon zurück, wahrscheinlich glaubte sie, dass sie von dem pummligen Teenager mit dem Meerschweinchen nichts zu befürchten hatte. Doch sie hatte nicht mit meinem vierbeinigen Kumpel gerechnet. Ihre unerwartete Bewegung löste in Marlowe einen heftigen Reflex aus. Er schnappte zu und hielt sie wütend knurrend am Rock zurück.

Olivia gebärdete sich geradezu hysterisch, was verzeihlich ist, schließlich hing ein zahnbewehrtes Fünfzig-Kilo-Muskelpaket an ihrem Minirock.

»Halt die Bestie zurück!«, brüllte sie mich an.

»Marlowe! Aus!«, befahl ich.

Marlowe ließ unwillig von ihr ab. Diesen Moment nutzte Olivia. Völlig kopflos schwang sie sich übers Geländer und ließ sich mit dem Mut der Verzweiflung fallen. Zwei dumpfe Aufschläge folgten. Der erste auf der Mülltonne, der zweite auf dem Betonboden. Dann hörten wir lautes Stöhnen. Ich blickte nach unten. Sie lag da und krümmte sich vor Schmerzen.

Ich belohnte Marlowe mit dem letzten Stück Käse. »Gut gemacht! Guter Hund!« Er nahm es hocherfreut an, auch wenn er vielleicht ein wenig enttäuscht war, dass ich ihn zurückgepfiffen hatte.

»Nun, damit hat sich zumindest ein Problem von selbst gelöst. Sie läuft uns nicht mehr weg«, bemerkte Herr Kasimir. »Ruf sofort Felix an. Der dürfte noch beim Kommissariat sein. Er soll dafür sorgen, dass eine Streife geschickt wird.«

Gegenüber ging ein Fenster auf. »Soll ich einen Krankenwagen holen?«, rief eine Frau.

Ich schüttelte den Kopf. »Nein, ich kümmere mich selbst um sie!«

Dann wählte ich Felix' Nummer. Während ich in den Hof hinunterlief, verklickerte ich ihm atemlos, was passiert war.

»Willst du Kommissar Flatter gleich persönlich sprechen?«, fragte Felix. »Frau Knappmann und ich sitzen in seinem Büro.«

»Äh«, stotterte ich. »Nein, jetzt nicht, er soll lieber sofort herkommen!«

Herr Kasimir schnaubte, als ich auflegte. »Und wieder liefern wir diesem unfähigen Hochstapler einen aufgeklärten Mord.«

»Einen Doppelmord«, verbesserte ich ihn, und stieß die Tür zum Hof auf.

Marlowe wollte prompt auf Olivia losstürzen, aber ich hielt ihn zurück.

Unser Filmstar lag immer noch am Boden, wimmerte vor sich hin und umklammerte die rechte Schulter. »Ich glaub, sie ist ausgerenkt. Und mein Bein – es muss gebrochen sein.«

Ich zuckte mit den Schultern. »Sie haben Glück gehabt, dass die Mülltonne den Aufprall gebremst hat. Sonst hätten Sie sich das Genick gebrochen, genau wie Ihr armer Mann.«

Ihr schmerzverzerrtes Gesicht versteinerte. »Hast du den Notarzt angerufen?«

»Nein. Aber die Polizei wird jeden Moment hier sein. Die werden sich um Sie kümmern«, sagte ich ungerührt.

Sie versuchte, sich aufzurappeln, sank aber mit einem Aufstöhnen wieder zurück. »Warum?«, heulte sie. »Was hab ich dir denn getan?«

Tränen flossen in schwarzen Kajal-Bächen über ihre rougefarbenen Wangen.

»Ausnahmsweise mal echte Tränen«, bemerkte Herr Kasimir zufrieden.

»Mir haben Sie gar nichts getan«, beantwortete ich ihre Frage. »Aber Herrn Knappmann und ihrem eigenen Ehemann. – Und Monja hatte Glück, dass ich rechtzeitig da war.«

Für einen Moment schien es ihr die Sprache verschlagen zu haben. Dann schluckte sie. »Was hat Rita dir erzählt?«

»Frau Knappmann?« Ich setzte ein kaltes Lächeln auf. »Nichts, was ich nicht schon wusste.«

Olivia glotzte mich völlig perplex an. »Aber woher?«

Mich ritt der Teufel. »Der verstorbene Herr Knappmann hat es mir erzählt.« – Irgendwie stimmte das ja sogar. Die Einblutungen an seinem Körper hatten uns erst darauf gebracht, dass er erstickt worden war.

Sie erschauderte. »Hör auf! Das ist doch Quatsch! An so was glaub ich nicht.«

»Ja, dann wird es wohl ein Geheimnis für Sie bleiben«, gab ich zurück und wunderte mich, wie ich dieser Frau, die vor Schmerzen winselnd buchstäblich vor mir am Boden lag, so gefühllos begegnen konnte.

Frau Knappmann gegenüber empfand ich fast so etwas wie Mitleid. Sie bereute, was sie getan hatte. Olivia Bellingheim war aus anderem Holz. Alles war ihr Plan gewesen. Skrupellos hatte sie ihre verzweifelte Freundin als Werkzeug benutzt. Dass sie nicht davor zurückschreckte, einen ihr völlig fremden Mann zu ersticken, sprach für ihre Kaltblütigkeit. Bei Frau Knappmann war ich mir nicht sicher, ob sie wirklich zur Mörderin geworden wäre, wenn der vergangene Freitag anders verlaufen wäre.

Die Sirene eines Polizeiwagens ließ Olivia aufschluchzen.

Kurz darauf öffnete sich die Tür zum Hof und Felix

erschien. Neben ihm ein hagerer Mann mit Halbglatze, Kommissar Siegmund Flatter. Flankiert von zwei Polizisten, schlich Frau Knappmann hinter ihnen her. Irgendwie hatte die Szene etwas von einem Bühnenstück. Inzwischen hatte sich ein Fenster nach dem anderen geöffnet, die halbe Hausgemeinschaft verfolgte das Geschehen. Jedenfalls konnte sich Olivia über Mangel an Publikum heute nicht beklagen.

Hinter den Polizisten stürmte der Hausmeister in den Hof. »Was ist denn hier schon wieder los? – Kann ich helfen?«

Doch Flatter ließ ihn mit einer arroganten Handbewegung abblitzen. »Stören Sie die Ermittlungen nicht! Wenn Sie helfen wollen, gehen Sie aus dem Weg!«

Der Blick des Kommissars wanderte von der am Boden liegenden Olivia zu mir. Er wirkte plötzlich gar nicht mehr so selbstsicher. »Du also schon wieder!«, sagte er finster. »Warum mischst du dich andauernd in polizeiliche Angelegenheiten?«

»Idiot«, hörte ich Herrn Kasimir.

Ich hob die Augenbrauen. »Weil ich nicht will, dass die Firma Engel unwissentlich jemanden beerdigt, der ermordet worden ist. – Deshalb.«

Flatter räusperte sich. »Monja Sander war gestern bei mir. – Du kennst sie offenbar. – Sie hat da was von einem Doppelmord angedeutet?«

Ich nickte. »Monja ist im Krankenhaus, warum kann *sie* Ihnen erzählen.« Damit deutete ich auf Frau Bellingheim. »Sie hat Herrn Knappmann umgebracht und den Mord an ihrem Ehemann geplant. Ich kann das beweisen.«

Olivia starrte mich feindselig an. »Glauben Sie ihr kein Wort. Sie ist verrückt. Sie glaubt an Geister. Das hat sie alles erfunden.«

Ich zuckte mit den Schultern. »Und die K.-o.-Tropfen? Die hab ich wohl auch erfunden?«

Flatter schüttelte den Kopf. »Nein, die hast du wirklich nicht erfunden. Die hat unser Labor nachweisen können.«

»Ich bringe Ihnen auch noch Herrn Knappmanns Wodkaflasche. Da werden Sie hundertpro wieder fündig werden. Während seine Frau beim Chor war, hat Frau Bellingheim den betäubten Herrn Knappmann mit einem Kissen erstickt. Er hatte typische Einblutungen an den Augenlidern, und Druckstellen von Gewalt an den Armen.«

Flatter runzelte die Stirn. »Pathologe bist du wohl auch?«

»Ich nicht«, sagte ich. »Aber mein Bruder Felix ist angehender Rechtsmediziner. Er hat diese Petechien auch gesehen. Außerdem hab ich Fotos von dem Toten gemacht.«

Felix nickte verlegen. »Ja, Petechien waren tatsächlich zu sehen.«

Olivia schluchzte theatralisch. »Ich hab niemanden ermordet. Rita war es. Sie konnte ihre Ehe nicht länger ertragen. Aber meine Ehe war doch so gut. Ich habe meinen Mann geliebt.«

Frau Knappmann, die wie versteinert zugehört hatte, hob den Kopf. »Olivia, du ekelst mich an«, sagte sie tonlos. »Hör auf damit! Es ist aus. Ich hab schon alles zu Protokoll gegeben.«

Flatter nickte. »Und was mir Frau Sander gestern erzählt hat, belastet Sie ebenfalls schwer.« Er nahm die Schultern zurück. »Frau Bellingheim, es besteht der dringende Tatverdacht, dass Sie Herrn Knappmann ermordet haben. Ich muss Sie festnehmen.«

Olivia erstarrte. Dann wurde sie röter als das Rouge in ihrem Gesicht. Ihre Augen blitzten. »Sie glauben wohl alles, Sie Stümper! Ich will sofort einen Anwalt!«

»Mit dem Stümper hat sie allerdings recht«, bemerkte Herr Kasimir. »Jetzt kommt Flattermännchen wieder ganz groß raus. Völlig unverdient. Dieser eingebildete Fatzke!«

Ehrlich, mir war das so was von schnurz, Hauptsache, die beiden Morde waren aufgeklärt. Dr. Bellingheims Beerdigung fand ohne die trauernde Witwe statt. Nachdem man sie im Krankenhaus verarztet hatte, wanderte sie sofort in U-Haft, weil Fluchtgefahr bestand.

Da Frau Knappmann geständig ist, erspart man ihr bis zum Prozess das Gefängnis. Aber Herr Kasimir meint, dass sie ganz bestimmt verurteilt wird. Schließlich hatte sie ihren Mann betäubt und seinen Tod in Kauf genommen.

Felix begleitete mich noch zum Kommissariat. Während ich alles der Reihe nach erzählte, starrte er unentwegt auf Herrn Kasimir. Als ich fertig war, grinste ich ihn an. »Ja, ohne meinen superschlauen Kommissar hätt ich es nicht geschafft.«

Flatter lächelte geschmeichelt. »Gut, dass du das wenigstens einsiehst.«

Und wieder knurrte einer: »Idiot!«

Dann musste ich einem jungen Polizisten mein Handy überlassen, damit er die Fotos auf den Polizeicomputer übertragen konnte. – Die haben echt eine Heidenangst vor Computerviren. – Na ja, Vorsicht ist die Mutter der PC-Kiste.

Meine Aussage, die von Frau Knappmann und Monja, der es am nächsten Tag zum Glück schon wieder besser ging, sowie die Untersuchung der Wodkaflasche, ergaben eine lückenlose Beweisführung, auch wenn Olivia ihre Schuld eisern bestritt.

In der Zeitung – Flatter gab ein ausgedehntes Interview – las ich, dass man bei der Hausdurchsuchung in der Bellingheim-Villa GHB in einer Topfpflanze gefunden hatte. – Olivia hatte ihren Champagner also tatsächlich in einem Benjaminus entsorgt. Außerdem fand die Spurensuche auf Olivias Laptop eine illegale Bestellung von GHB und den kurzen, aber beweiskräftigen E-Mailverkehr zwischen ihr und Monja.

Zum großen Verdruss von Herrn Kasimir bekam Siegmund Flatter, wie er dem Zeitungsmenschen gegenüber herausstrich, auch noch eine Belobigung von allerhöchster Stelle. Na ja, einen Doppelmord binnen vierzehn Tagen zu lösen, ist eben ein Meisterwerk.

Auch wenn er sich mit fremden Federn schmückte, ich war nicht scharf drauf, wieder ein grottiges Foto von mir in der Zeitung zu sehen. Außerdem wollte ich nicht, dass meine Eltern zu viele Einzelheiten erfuhren. Ich hatte mit Felix vereinbart, ihnen vorerst gar nichts zu erzählen. Ich war mir nicht sicher, wie sie darauf reagierten, dass ich heimlich eine private Leichenschau durchgeführt hatte. Übrigens – ich weiß nicht, ob ich mir das einbilde, aber Felix sieht Herrn Kasimir seither immer ganz unsicher an. Ich glaub fast, er zweifelt an seinen eigenen Zweifeln. Wirklich idiotisch, dass er Herrn Kasimir nicht hören kann.

Der Pressewirbel blieb mir allerdings auch diesmal nicht

erspart. Es lief ganz ähnlich wie bei unserem ersten Fall. Monja, die immer noch sauer auf Flatter war, weil er sie so hatte abblitzen lassen, ärgerte sich über das Interview, in dem er mich mit keinem einzigen Wort erwähnt hatte. Also nahm sie Kontakt mit der Lokalzeitung auf.

Dad fiel aus allen Wolken, als wieder ein Journalist vor der Tür stand und nach mir fragte.

So erfuhren Mum und Dad schließlich doch noch alles. *Vierzehnjährige Bestatterstochter deckt Doppelmord auf,* stand am nächsten Tag auf der Titelseite. Darunter ein Foto: Ein pummliges Mädchen, das hinter dicken Brillengläsern gegen das Blitzlicht anblinzelt. Daneben ein ziemlich hässlicher Hund, dem ein Meerschweinchen auf dem Rücken sitzt.

Unsere arme Frau Kuckelkorn war außer sich, als sie den Bericht gelesen hatte. »Nie hätte ich das für möglich gehalten! Niemals. – Im Kirchenchor singen … Das passt doch nicht. – Valentine, wie bist du nur darauf gekommen?«

Die Standardfrage. Ehrlich, mir graust schon, wenn nächste Woche wieder die Schule anfängt. Ich steh definitiv nicht gern im Mittelpunkt.

So, ich denke, das war's jetzt im Großen und Ganzen. Ich glaub, ich hab alles. Wie lange sitz ich eigentlich schon hier …?

Oh Mann! So lang? Kein Wunder, dass der Akku blinkt.

»Herr Kasimir! Aufwachen!«

»Uahh... Waaaas? Was? – Wie kommst du darauf, dass ich schlafe.«

»Weil Sie geschlafen haben.«

»Das weiß ich wohl besser.«

»Im Besserwissen sind Sie zwar unschlagbar, aber geschlafen haben Sie trotzdem.«

»Keine Sekunde.«

»Es hat ja keinen Sinn, mit Ihnen zu diskutieren. Aber wir sind jetzt sowieso fertig hier.«

»Nach so kurzer Zeit? Du hast sicher die Hälfte vergessen.«

»Sie haben gepennt! Und ich hab überhaupt nichts vergessen.«

Okay, jetzt schalt ich schnell aus, sonst behält er am Ende doch wieder das letzte Wort.

HILFE, MEIN MEERSCHWEINCHEN ERMITTELT!

Brigitte Endres
Der Tag, an dem mein Meerschweinchen Kriminaloberkommissar wurde

240 Seiten · Gebunden
ISBN 978-3-522-18391-8

Dass ihre Eltern als Bestatter arbeiten, macht Valentine nichts aus. Sie hat sich längst an den Anblick von Särgen gewöhnt und auch daran, ab und zu mit dem Leichenwagen von der Schule abgeholt zu werden. Aber als eines Tages aufgrund mehrerer unglücklicher Zufälle der Geist eines verstorbenen Kriminaloberkommissars in ihr Meerschweinchen fährt – da ist selbst Valentine überrascht. Und damit nicht genug: Der Meerschweinchen-Kommissar erklärt sie kurzerhand zu seiner Kriminalassistentin, denn er ist sich ganz sicher: Er ist keines natürlichen Todes gestorben und dieser Mord muss aufgeklärt werden! Der erste Band dieses skurrilen Ermittlerduos.

THIENEMANN
Wir schreiben Geschichten!

www.thienemann-esslinger.de